Toni Lauerer

A scheene Bescherung

Toni Lauerer

A scheene Bescherung

Neue Geschichten zur Weihnachtszeit

BUCHVERLAG

Bibliografische Information der Deutschen Nationalbibliothek

Die Deutsche Nationalbibliothek verzeichnet diese Publikation in der Deutschen Nationalbibliografie; detaillierte bibliografische Daten sind im Internet über http://dnb.dnb.de abrufbar.
ISBN 978-3-86646-328-8

1. Auflage 2019
ISBN 978-3-86646-328-8

www.battenberg-gietl.de

Inhalt

Vorwort

Liebe Leserinnen und Leser, liebe Kinder,

obwohl man vieles vergisst, was man schon erlebt hat – bestimmte Dinge, besser gesagt, bestimmte Ereignisse sind im Gedächtnis fest verankert und stets präsent.
Bei mir ist eines dieser Ereignisse der Moment am Heiligen Abend, an dem die Mutter mit einem goldenen Glöcklein läutete und meine Schwester und ich durften vom oberen Stockwerk ins Wohnzimmer, wo unter dem (mit echten Kerzen!) beleuchteten (echten!) Christbaum die Geschenke auf uns warteten!
Dann wurde mit glänzenden Augen ausgepackt und auch die Augen der Eltern glänzten, nicht vor Freude über die Krawatte und das Rasierwasser (Vater) bzw. das Parfüm, alternativ das Bargeld (Mutter), sondern vor Freude über die Freude der Kinder. Solche Momente musste man sich gut merken, denn sie waren kurz und flüchtig!
Heutzutage, im Zeitalter der Smart-, i- und sonstigen Phones ist das anders: Jede Sekunde der weihnachtlichen Glückseligkeit kann im Bild und im Video festgehalten werden und noch Jahrzehnte danach kann man sich dank unbegrenzter Speichermöglichkeiten daran ergötzen bzw. sich dafür schämen.
Dass die Aufnahmen aber nicht immer komplikationslos ablaufen, ist eines der Themen, mit denen ich mich in diesem Buch beschäftige.
Aber wie gesagt, nur eines: Sei es der kindliche Hundskrippl am Schilift, die Gaudi bei der Christbaumversteigerung, die weihnachtlichen Missverständnisse zwischen Enkel und Oma, der Wahnsinn beim „Christmas-Shopping" und und und …
Tauchen Sie mit mir ein in die lustige Welt der Zeit an und um Weihnachten, lehnen Sie sich zurück – vielleicht denken Sie an die eigene Kindheit und daran, wie es bei Ihnen war, das nach wie vor schönste Fest des Jahres!

Ich wünsche Ihnen viel Spaß und stets frohe Weihnachten!
Und euch, liebe Kinder, wünsche ich, dass euch das Christkind immer das bringt, was euere Augen zum Glänzen bringt!

Ganz herzliche Grüße!
Ihr und Euer Toni Lauerer

Beni's Bild

Beni: Opa, schau her, i hob dir als Weihnachtsgeschenk a Bildl gemalt!

Opa: Mei, des is owa schön von dir! Zoag amal her des Bildl!

Beni: Weil woaßt, i bin doch erst so viel Jahre alt *(zeigt mit den Fingern die Zahl 3)* und i kann dir kein Geschenk kaufen, weil i hab doch kein Geld!

Opa: No freilich, des is doch klar! A Bub mit drei Jahren, der hod no koa Geld! Owa i find des super, dass du Weihnachten an mi denkst und a Bild für mi malst! Etza zoag, was du gemalt hast! I bin scho ganz gspannt!

Beni präsentiert stolz sein Bild, Opa betrachtet es und muss sich zunächst orientieren, was das Bild darstellen soll. Man muss berücksichtigen, dass Beni kein guter Maler ist, ehrlich gesagt, ein grottenschlechter.

Beni: *Voller Erwartung:* Und? Gefallts dir?

Opa: Wunderbar! So ein schönes Bild! *Deutet auf ein dunkles Wesen auf dem Bild.* Is des da Teufel? Scho, ha? Aso a greislicher Deifl!

Beni: Naa, des bist doch du!

Opa: Achso, i bin des? I hob bloß gmoant wega de zwei Hörner!

Beni: *Tadelnd:* Opa!! Des san doch deine Ohren!

Opa: *Sieht sich das gruselige Phänomen nochmal konzentriert an und analysiert die vermeintlichen Hörner.* Achso, Ohren san des! Etza, wo du des sagst – freilich, des san ja Ohren! Dass i des nei glei gspannt hab! So schöne Ohren! Wie gemalt!

Beni: Die sind ja gemalt!

Opa: Jaja, scho klar, des sagtma halt so. Und wos steckt da in meine Ohren drin? San des Spaghetti? Schaut a bissl nudelmäßig aus. Warum hab i Nudeln in den Ohren?

Beni: Opa! Doch keine Spaghetti! Des san Haare! Weil du hast doch Haare in deine Ohren!

Opa: *Traurig:* Ja, leider bloß no in meine Ohren, am Kopf sans weg, scho lang!

Beni: Warum?

Opa: Des wenn i wüsst! *Sieht wieder auf das Bild.* Und do, glei neba mir, hast a kloans Afferl hingemalt! So ein schönes Afferl! Wia du scho schön malen kannst! Mit drei Jahren! Super! Do segtma sofort, dass des a Afferl is, a typisches! Also schöner hätt i des Afferl aa ned malen kinna!

Beni: *Irritiert, vorwurfsvoll:* Des is doch koa Afferl!

Opa: Ned? Wos is nacha des für a Tier? Ebba a Bär? A Bär könnts aa sei, owa eher is a Aff! Also vom ganzen Gstell her is a Aff.

Beni: Des bin doch i!

Opa: Ach, du bist des! *Sieht nochmal genau auf das Bild.* Ja freilich, du bist des! Etza, wo du des sagst! Wia aus dem Gsicht gschnittn! Wunderbar! Da Beni! Wie er leibt und lebt!

Beni: *Argwöhnisch:* Aber warum hast du dann gsagt, dass des a Afferl is?

Opa: *Verlegen:* Äh ..., äh ..., woaßt warum? Weil i mei Brille ned auf hob! Drum hob i des Menschlein für a Afferl ghaltn! Des liegt ned an dir, des liegt an meiner Brille! Natürlich bist des du, koa Afferl! Wart, i hol mei Brille, dann schau i mir des Bild ganz genau an! So ein schönes Bild, Wahnsinn!

Opa steht kurz auf und will seine Brille holen, findet sie aber nicht. Beni sieht ihm verwundert nach.

Opa: Ja Herrgottseitn, wo is denn de bläde Brilln scho wieder? Normal liegts allaweil neben dem Fernseh! Wer hod denn de wieder weg getan! Bestimmt wieder d'Oma! Weil de wird immer seltsamer, de kennt sich nimmer recht aus!

Beni: I glaub fei ned, dass d'Oma die Brille weg getan hat.

Opa: Wieso ned?

Beni: Weil du hast die Brille aaf dein Hirn oben! *Grinst.*

Opa: *Greift sich an den haarlosen Kopf und spürt die sich dort befindliche Brille.* Jessas naa, bin i ein Depp!

Beni: Depp darf man ned sagen!

Opa: Do host scho recht, grundsätzlich! Owa zu sich selber derf man Depp sagen, des is ok!

Beni: Echt?

Opa: Jaja, kein Problem! Owa des is etza wurscht, etza schauma dei Bildl genauer an! Weil jetza seh i des viel besser, mit Brille. *Muster das Bild, Beni sieht ihn erwartungsvoll an.*

Beni: Segst etza, dass des du bist und des i? *Deutet mit dem Zeigefinger auf die beiden Wesen, die Opa irrtümlich für Luzifer und einen halbwüchsigen Affen hielt.*

Opa: Aber hallo! Natürlich! Toll host des gemalt! Wia a Foto, ehrlich! Du und i, genau so wiama in echt ausschaun! Und des mit drei Jahren, Hut ab!

Beni: Hudab? Wos is Hudab?

Opa: Des sagtma so, wenn eam wos guat gfallt!

Beni: Warum sagtma da Hudab? Wenn mir wos gefallt, dann sag i schön und toll, aber ned Hudab!

Opa: *Nach einer Erklärung ringend:* Naa, des verstehst du ned. Es is aso: Wenn jemandem ebbs gut gefallen tut, dann tut er den Hut herab! Des hoaßt praktisch ... des hoaßt ... „ja mi leckst am ...“, naa, des hoaßt, „toll“, so ungefähr!

Beni: Hudab hoaßt toll?

Opa: So in etwa. Owa des is etza wurscht, etza schauma dei Bildl o! *Betrachtet Benis Werk.* Omei, wos do no alles oben is aaf dem Bild! Do host di echt angstrengt – so ein schönes Weihnachtsgeschenk! Wo samma denn da, mir zwoa? Machma da a Bergwanderung, weil so viel Steine rumliegen?

Beni: *Überrascht von seinem eigenen Bild:* Steine? Was für Steine? *Sucht verzweifelt Steine auf seinem Bild, findet aber logischerweise keinen, da er keinen gemalt hat.*

Opa: *Leicht unsicher:* No, da! *Deutet mit dem Zeigefinger auf steinähnliche schwarze Objekte.*

Beni: *Vorwurfsvoll und leicht enttäuscht:* Des sind doch keine Steine, Opa! Des sind Schafe!

Opa: Schafe? *Sieht nochmal genau hin.* Ja natürlich, des san Schafe! Lauter schwarze Schafe! Dass du koa weißes Schaf gemalt hast – weil normal sans weiß!

Beni: Weiße sind aa dabei, aber die tut man ned sehen, weil des Papier is aa weiß!

Opa: Ja freilich! Bin i ein Depp, de segtma ja ned! Und Schnee liegt ja aa no aaf dein Bild, alles weiß!

Beni: Naa, des is a Wiese! Ohne Schnee! Weil da is doch Sommer! Drum habi ja extra a Sonne gemalt, weil Sommer is!

Opa: Ach, a Wiese is des! Owa de is fei normal grün! I will di ned kritisiern, owa de hättst grün malen solln!

Beni: *Zerknischt:* Ja, scho! Aber i hab koa grüne Farbe!

Opa: Achso! Ja dann ... owa dua di ned owe, Beni! Des is trotzdem a ganz a schönes Bild! Du bist drauf, i bin drauf, dann no de schwarzen Schafe und de weißen Schafe, de wosma ned segt, wunderbar! Du, bloß interessehalber: Warum hamm denn die Schafe koane Fiaß? Hod eana de da Wolf abgebissen? Da böse Wolf?

Beni: *Verärgert über Opas Fehlinterpretation der steinartigen Schafe:* Also Opa!! De haben schon Füße! De kannma bloß ned sehen, weil de liegen ja im Gras!

Opa: De Fiaß? Hats da böse Bulldog abgemäht?

Beni: Naa, ned die Füße, die Schafe liegen im Gras! Und da kannma dann die Füße ned sehen, weil des ganze Schaf auf de Füße draufliegt!

Opa: Do host jetza du wieder recht! Weil wenn des Schaf draufliegt, dann segtma de Fiaß natürlich ned, des is logisch!

Beni: Genau!

Opa: Also wirklich ein wunderschönes Bildl! So a scheens Weihnachtsgeschenk hob i no nie kriagt!

Beni: *Stolz:* Echt, Opa?

Opa: Hundertprozentig! Direkt ein Idyll is des!

Beni: Naa, des is a Bildl!

Opa: Ja, scho klar! Owa wenn wos so schee is, do sagt man Idyll dazua! *Betrachtet nochmals versonnen das Bild.* Du und i, wiama spazieren gehen auf der grünen Wiese, de wo weiß is, zwischen de Schafe, wia zwoa guade Freunde, da Opa und da Beni! *Drückt den Enkel freundschaftlich.* Und über uns ein Riesenflugzeug! So ein tolles Flugzeug. Wo fliagt denn des hi, ha? Woaßt des, wo des hifliagt, des Flugzeug? Aaf Afrika hinab? Oder aaf Amerika hinüber?

Beni: Was für ein Flugzeug?

Opa: *Deutet auf ein relativ gut gemaltes Riesenflugzeug, das über den Schafen und Menschen nach links fliegt.* No, des da!

Beni: *Verärgert:* Also Opa! Des is doch koa Flugzeug! Des is a Vogel!

Opa: A Vogel is des? Ehrlich?
Beni: Ja, a Vogel! A Spatz!
Opa: A Spatz? Ja mi host ghaut, is des ein drumm Spatz! *Sieht genauer auf den als Flugzeug getarnten Spatz:* Also, des is fei a gewaltiger Spatz. Der is ja mindestens dreimal so groß wia a Schaf! Is ebba des a Riesenspatz?
Beni: Naa, aber des san Zwergschafe! *Grinst.*
Opa: Zwergschafe? Also, dumm bist du ned! Dir fallt allaweil wos ei, ha?
Beni: Ja scho. Mir fallt immer was ei! Manchmal will i gar ned, dass mir wos eifallt und dann follt mir trotzdem was ei! Komisch, gell?
Opa: Des is normal! Wennst groß bist, dann wird des anders. Do is dann aso, dass dir wos eifalln sollte und dir fallt nix ei!
Beni: Echt?
Opa: Scho! Zum Beispiel war i doch am Freitag bei der Beerdigung vom Bronzinger Sepp.
Beni: Warum?
Opa: Weil er gestorben ist! Aaf jeden Fall war de Beerdigung um viere Nachmittag aus, owa mir samma danach no ins Wirtshaus!
Beni: Da Herr Bronzinger und du?
Opa: Naa, da Sepp nimmer! Der kafft sich im Himmel a Mass! Da Wimperer Hans und i samma ins Wirtshaus. Und i bin erst um elfe in der Nacht hoamkema und i hob ned guat ausgschaut, gar ned guat!
Beni: Warum?
Opa: Äh ..., weil i so müde war!
Beni: Des stimmt! *Eifrig:* Wia amal da Grunzer Kevin bei mir übernachten gederft hod, do hamma bis um zehne oder so mit meine Duplo-Manndln gespielt und do war i dann a ganz müde!
Opa: Genau! Dann woaßt ja wia des is. Und i war am Freitag no müderer! Dann hod mi d'Oma gfragt, wo i herkimm und warum i so katastrophal ausschau. Und do hätt mir wos eifalln solln, owa mir is nix eigfalln!
Beni: Hat da die Oma gschimpft, weil dir nix eigfalln is?
Opa: I glaub scho, genau woaß i des aa nimmer.

Beni: Weilst so müde warst, gell?

Opa: Haargenau! Aaf jeden Fall is des ein tolles Bildl.

Beni: Hudab, gell?

Opa: Jawoll Beni, Hut ab! Und des do is a Windrad, oder? *Deutet wieder auf das Bild.*

Beni: *Fast schon zornig wegen Opas Unwissenheit:* Mensch Opa!! Des is doch a Giraffe!

Opa: Hm ... *sieht sich das tierische Windrad genauer an* ja ..., ja, etza wo du des sagst: Des kannt im weitesten Sinn aa a Giraff sei! Waar owa aa a scheens Windradl. Des is Interpretationssache!

Beni: Wos???

Opa: Des verstehst du ned, passt scho!

Beni: Gfallt dir des Bild wirklich, Opa?

Opa: *Aus tiefster Überzeugung:* Total!

Beni: Owa du host nix erkannt! Du host gmoant, des is da Teufel und a Afferl und Steine und a Flugzeug und a Windrad! Derweil bins i und du und Schafe und a Spatz und a Giraffe.

Opa: Beni, do kannst du nix dafür! Des kimmt einfach von dem, weil i schlecht seh! Dei Bildl is wunderschön, wirklich!

Beni: *Nicht überzeugt:* Owa du hast doch jetza die Brille auf!

Opa: Des is a Glump! I brauch scho lang a neie!

Beni ist immer noch nicht ganz sicher, ob das Bild tatsächlich die von Opa gerühmte Qualität besitzt. Beni's Mama kommt herein. Zur Erläuterung: Sie benötigt keine Brille, da sie keinerlei Einschränkung der Sehfähigkeit hat.

Mama: Na, ihr zwoa? Alles klar?

Opa: Schau her, Helga, wos mir da Beni für a schönes Bild gemalt hod zu Weihnachten!

Die Mama betrachtet eingehend das Bild.

Mama: Mei, schee! So ein greislicher Deifl und so ein liabes Afferl!

Beni reißt ihr das Bild aus der Hand und verlässt weinend den Raum.

In der Geschichte der Menschheit hat sich der technische Fortschritt noch nie so rasant entwickelt wie in den letzten Jahren. PC, Handy, SMS, Mail, Twitter und Instagram – Begriffe, die erst mit dieser Entwicklung entstanden sind, hat vor gar nicht allzu langer Zeit noch niemand gekannt. Und auch heute kennt sie noch nicht jeder. Und so kann es durchaus passieren, dass sich ein Urenkel und seine Uroma aufgrund des Altersunterschiedes von 75 Jahren in gewissen Bereichen nur holprig verständigen können. Und wenn dann Wörter, die identisch klingen, aber eine völlig andere Bedeutung haben, in die Unterhaltung der beiden einfließen, dann wird es peinlich, manchmal gar aggressiv. Und schuld daran ist nur

Das Missverständnis

Uroma: Mei, des is owa schee, dass du mi wieder amal bsuachst, Ilja!

Urenkel: I hobma denkt, i schau wieder amal eina zu dir, Uroma! Weil dei Altenheim liegt ja aaf mein Schulweg! Und aafwärma möcht i mi aa a bisserl, weils so schneibt draußen!

Uroma: *Schwärmerisch:* Ja, gell, so schee schneibts! Wia früher! Jamei, i kann halt bloß no außeschaun fürs Fenster! Weil meine Fiaß mögen halt nimmer so recht in mein Alter! *Seufzt:* Jamei, aso is halt im Leben, Ilja – man wird ned jünger! Ha, dass jetza deine Eltern koa anderer Name für die eigfalln is! Ilja! Du bist doch koa Russ ned!

Urenkel: I glaub ned.

Uroma: Natürlich ned! Dei Voda stammt vo Straubing und dei Muada vo Fürstenfeldbruck, do kimmt doch koa Russ ned außa!

Urenkel: Ned, gell?

Uroma: Nie! Ned amal a Preiß! Owa des is etza wurscht! Sitzde her zu mir, trinkma an Tee miteinander! Und Plätzln hob i aa! Magst Plätzln?

Urenkel: Scho! Owa koan Tee mogi ned! Host a Limo?

Uroma: Naa, bloß an Holundersirup und an Eierlikör. Magst an Holondersirup oder an Eierlikör?

Urenkel: Dann nimm i an Tee.

Die Uroma schenkt sich und ihm eine Tasse Tee ein und holt Plätzchen, deren Haltbarkeit am 31. Mai des laufenden Jahres abgelaufen ist, aus der Speisekammer. Dann setzt sie sich wieder zu ihm.

Uroma: No, Ilja, wos wünscht dir denn zu Weihnachten? Weil du kriagst vo mir natürlich wieder wos! Du kriagst alle Jahre wos vo mir. Owa bevor dass i dir an Schmarrn kaaf, frag i di liaber. Wos hättst denn gern?

Urenkel: I wünsch mir heuer bloß Apps!

Uroma: *Lacht.* Des is scho klar, dass du dir ebbs wünschst. Und wos nacha?

Urenkel: Apps! Sunst nix!

Uroma: Jaja, du Schlawiner! Owa du muasst mir sagen, wos du magst? A Buch? Oder a Spiel?

Urenkel: Naa, koa Buch oder sowos, Apps möcht i!

Uroma: *Langsam ungehalten:* Jaja, des woaß i etza scho! Du willst ebbs vo mir und du kriagst aa ebbs. Owa wos genau? Ebbs, des kann alles sei! A Radl, Schi, irgendwie is alles ebbs!

Urenkel: Also Uroma! Des is doch ned alles! Apps und a Radl, des san doch völlig verschiedene Sachen! I mog aa koa Radl, i hob ja scho oans. Und Schi hob i aa. I will bloß Apps!

Uroma: Also schee staad is des nimmer lustig! I bin zwar a olts Wei, owa deszweng brauchst mi ned zum Narren halten! Etza sag, wos du magst und aus!

Urenkel: *Langsam verzweifelt wegen der Begriffsstutzigkeit der Uroma:* Apps mog i!

Uroma: *Grantig:* Ja guat, wennstmas ned sagen willst, wos du magst, dann halt ned! Woaßt wos, do hast 20 Euro, kauf dir damit, wos du willst! Normal hätt i dir ebbs gschenkt, des wo mehr kost, owa guat, dann kriagst halt bloß an Zwanzger, selber schuld! *Gibt ihm missmutig einen 20-Euro-Schein.*

Urenkel: Danke, Uroma! Des is schee vo dir, 20 Euro is doch a Supergeschenk! Do konn i mir dann selber Apps kaffa!

Uroma: *Wieder etwas versöhnlicher:* Und wos kaffst dir dann?

Urenkel: *Sogi doch:* Apps!

Uroma: Du bist und bleibst a Hanswurscht! Owa zum lacha bringst mi aa immer wieder!

Urenkel: Des gfreit mi, Uroma! Und jetza muass i furt, weil um zwoa hobes mit'm Uli ausgmacht, mir treffma uns, weil der will mir wos zoagn, wos er zum Geburtstag kriagt hod.

Uroma: Wos nacha?

Urenkel: Apps!

Uroma: Schau, dass'd weidakimmst!

Kare und Alexa

Sepp: Wos schaust denn so grantig, Kare?

Kare: Weil mi des blöde Weiberts aso aufregt! So oans wennst im Haus host, des is a Strafe, des konn i dir sagen!

Sepp: No geh! Dei Frau is doch soweit in Ordnung!

Kare: I moan doch ned mei Frau! I moan de Alexa, de Nervensäge!

Sepp: Alexa? De kenni ned. Is des a Freindin vo dir oder a Kollegin oder wos? Und warum is de bei eich im Haus? Macht do dei Frau koane Schwierigkeiten?

Kare: De kannst du gar ned kenna, weil de is ja gar ned echt. De is elektrisch.

Sepp: Wia jetza? Elektrisch? Wos is nacha des für a Frau? A Puppn ebba?

Kare: Des is koa Frau, des is a Art Computer! Aso a Drumm, des liegt im Wohnzimmer und dem konnst wos befehln.

Sepp: Hä? Wos soll denn des sei? A Frau, dera wosma wos befehln konn! So oane gibt's doch ned! Eher umkehrt!

Kare: Ja, bei de echten, owa des is a elektrische! De hob i als Weihnachtsgschenk kriagt vo mein Schwiegersohn! I hob extra gsagt „i brauch nix", owa woaßt ja, wia de junga Leit san. „Du kriagst zu Weihnachten wos und aus!", hoda gsagt.

Sepp: Des hob i aa no ned ghört, dass oaner vom Schwiegersohn zu Weihnachten a elektrisches Wei kriagt hod! Wia kimmt der Mensch aaf sowos?

Kare: Weil des is a Tüftler, a Ingenieur vom Beruf her. Der sagt, ohne moderne Technik bist heitzudogs a glatter Depp!

Und drum hod er mir des Zeig gschenkt aaf Weihnachten und hod gsagt: „Schwiegervater, do wirst spitzn!“ Des hoda gsagt!

Sepp: Und? Host gspitzt?

Kare: Gfluacht hob i! I konn dahoam koa Wort mehr sagen, ohne dass sich de Alexa eimischt! De moant allaweil, i moan sie! I wenn mi aafs Kanapee hisitz und sog zu meiner Frau „etza leg i mi a Viertlstund aafs Ohr“, dann sagt de ander, also de Alexa „ich habe Sie nicht verstanden!“ Des geht doch de an Dreg o, ob i mi hileg oder ned!

Sepp: Owa ehrlich! Für wos is de nacha guat? Weil kocha konns ja aa ned, oder?

Kare: Natürlich ned! Da Schwiegersohn hod gsagt, zum Beispiel kannt i sagen: „Alexa, bestell mir eine Pizza“, dann duat de des!

Sepp: A Pizza?

Kare: Online!

Sepp: Mir is Funghi liawa!

Kare: Depp! Online is doch koa Pizzabelag! Woaßt du ned, wos online is?

Sepp: No freilich woaß i des, des war doch a Witz!

Kare: Ach so! Du allaweil mit deine blädn Witze! I konn aa wos anders bstelln, es muass ja koa Pizza sei!

Sepp: Is scho klar! Bloß allaweil Pizza, des is aa nix! Und gsund is aa ned. Wos bstellst nacha sunst no?

Kare: Nix bstell i! Weil i dera Sach ned trau! Man konn aa sagen zu ihr: „Alexa, spiel Musik!“

Sepp: Und wos spielts nacha? An Zwiefachen?

Kare: Momentan gar nix, weil do muassma zerst wos programmiern und des konn i ned!

Sepp: Des is schlecht! Konns sunst no wos?

Kare: Termine konnst ihr sagen!

Sepp: Termine? Wos für Termine?

Kare: Zum Beispiel sagst „Alexa, am Dienstag um 10 Uhr Termin beim Zahnarzt!“ Und des merkt sie sich dann und am Dienstag sagts dann meinetwegen umara neine: „Kare, um 10 Uhr Zahnarzttermin!“

Sepp: Ehrlich? Kare? Kennt de di?

Kare: Des hod da Schwiegersohn eiprogrammiert, dass de Kare zu mir sagt!

Sepp: Krass! Wos alles gibt! Warum muasst denn zum Zahnarzt?

Kare: I muass ja ned! Des war ja bloß a Beispiel!

Sepp: Ach so! Du hättst praktisch aa den Urologen als Beispiel nehma kinna!

Kare: Haargenau!

Sepp: Oder den Internisten.

Kare: Natürlich!

Sepp: Oder den Frauenarzt.

Kare: Depp! Aaf jeden Fall is des a Gschenk, des wos mi nervt! Letztdings sog i zu meiner Frau: „Glaubstas, mi juckts dauernd am Schädl!" Und d'Alexa glei wieder: „Ich habe Sie nicht verstanden!" Es is zum Narrischwern! Scho des Jucka, owa de bläde Fragerei nervt no mehra!

Sepp: Des glaubi!

Kare: No schlimmer is, wenns di versteht, owa falsch! I sog gestern zu meiner Frau: „Da Heller hod wieder Streit mit seiner Alten!" Sagt d'Alexa: „Im Keller die Heizung einschalten?"

Sepp: A geh, des gibt's doch ned!

Kare: Des gibt's! Es is zum Verzweifeln! I trau mir im Wohnzimmer scho gar nix mehr sagen, weil de hod Ohren wie ein Luchs, de hört alles!

Sepp: Dann stells halt ins Schlafzimmer!

Kare: Ja freilich! I schnarch in da Nacht wia a Bär! Des hört de doch aa! Dann sagts alle zwoa Minuten „Ich habe sie nicht verstanden!" Do drah i durch! Do konn i nimmer schlafa!

Sepp: Und wennstas ins Bad stellst?

Kare: Des is aa schlecht. Weil de Töne, wos i da produzier, de brauchts scho glei überhaupt ned hörn! De san nix für a Frau! Ned amal für a elektrische!

Sepp: Do host du aa wieder recht! Des is echt ned einfach! Wos konnma do macha? Wegwerfa konnstas ja aa ned, weil sunst is da Schwiegersohn beleidigt, wennst du sei Weihnachtsgeschenk wegwirfst!

Kare: Ja eben! Owa mei Frau, de is technisch begabt, de hod mir jetza an Trick zoagt, wos i macha muass, dass erträglicher wird!

Sepp: Wos nacha?

Kare: Poweroff!

Sepp: Wos?

Kare: Poweroff! Do san zwoa Schalter dran, oaner hoaßt Poweron und da ander Poweroff.

Sepp: Ach so! Power on und Power off! Einschalten und Ausschalten!

Kare: Haargenau! I hob gar ned gwisst, dass du technisch so begabt bist!

Einer der Höhepunkte im Vereinsleben ist die alljährliche Weihnachtsfeier. Es gibt Punsch und Plätzchen auf Vereinskosten, man blickt besinnlich auf das Jahr zurück, wundert sich, dass es so schnell vergangen ist, singt gemeinsam Weihnachtslieder, die Vereinsjugend führt ein kurzes Krippenspiel oder Ähnliches auf und das Vereinsheim ziert ein geschmackvoll geschmückter Christbaum. Die älteren Vereinsmitglieder werden nach dem zweiten Punsch schon etwas müde, die anderen eher lustig. Alle sehnen sich nach dem Ende des besinnlichen Teiles, der sich oft ziemlich hinzieht, denn danach kommt etwas, was den Leuten gefällt, was Geld in die Vereinskasse spült und was interessant und amüsant ist, nämlich

Die Christbaumversteigerung

Vorstand: So, liebe Vereinskameraden und -kameradinnen, verehrte Kinder! Nach dem gemeinsamen Absingen von „Es wird scho glei dumper" – schee wars wieder, danke an die Feuerwehrkinder mit ihren glockenhellen Stimmen, wunderschön – wird es jetzt zünftig! Unser Lugge wird in bewährter Manier die Christbaumversteigerung durchführen. Lugge, wia lang machst jetza du des scho, ha?

Lugge: *Sinniert, lässt die Jahre, die er schon als ehrenamtlicher Versteigerer tätig ist, vor seinem geistigen Auge ablaufen und kommt dann zu folgendem Ergebnis:* Scho ziemlich lang! I glaub, sogar no länger!

Vorstand: Gell! Des hob i aa ungefähr ausgrechnet! Dann tät ich sagen: Lugge, walte deines Amtes! Und gell, liebe Feuerwehrkameradinnen und -kameraden: Tut's eich spendabel zeigen! Der Erlös kommt dem Feuerwehrverein zugute! Der Kassier tät sich freuen, wenn was zammkimmt! Gell, Ade?

Kassier: Des kannst laut song! Umso mehr, umso besser! Ein Geld hat no nie gschad!

Vorstand: Eben! Ein Dank noch an alle Geschäftsleut und Privatspender, die so großzügig gespendet haben! Sepp, schreib fei des ruhig in d'Zeitung eine, wennst dein Be-

	richt machst! Ohne Sponsoren samma verloren, wia der Dichter sagt! Haha! Auf jeden Fall: Schreibs eine, Sepp! Dank und Anerkennung den Sponsoren!
Sepp:	*Der zwar Mitglied der Freiweilligen Feuerwehr ist, aber heute primär als Nebenerwerbsreporter fungiert:* Eh klar!
Kare:	*Ungehalten:* Etza fangts endlich o, zefix! Dauernd des Palaver! Lugge, auf geht's!
Vorstand:	Jaja, i hör scho auf! Kare, dassd jetza du allaweil so ungeduldig bist!
Kare:	*Grantig und gnadenlos ehrlich, da schon ein Weizen und drei Glühwein intus:* Weils wahr is! Dauernd des Palaver! Des nervt mi wia d'Sau! Blablabla, sinnloser Schmaaz! D'Zeit vergeht und's Liacht verbrennt!
Vorstand:	Lugge, du hast das Wort!

Lugge erhebt sich gemächlich von seinem Platz und schreitet stolz und sich seiner herausragenden Stellung als Entertainer bewusst zur Tat bzw. nach vorne, wo er sich vor dem Christbaum platziert.

Lugge:	So, Leit, auf geht's beim Schichtl! Fangen mir gleich mit ganz was Feinem an: Ein Ring Fleischwurscht, gestiftet von der Metzgerei Speckinger! Wie lautet das erste Gebot?
Sepp:	An Zwickel!
Lugge:	I glaub, mei Schwein pfeift! Zwoa Euro für diese wunderbare Wurscht? De hod mindestens eineinhalb Pfund, eventuell sogar 600 Gramm! Sepp, mit an Zwickel brauchst do ned ofanga, des is ja eine Beleidigung für diese herrliche Wurscht! *Riecht an der Wurst.* Und der Duft – ein Gedicht!

Allgemeines Gelächter wegen Lugges Gag, etliche haben ihn aber nicht kapiert, weil sie das Verhältnis Pfund-Gramm auf die Schnelle nicht klären können und wundern sich über den Frohsinn der anderen.

Kare:	An Zehner, weil mi hungert! Und weils Wurscht is!
Lugge:	Jawoll, des is ein Wort! Kare, auf di is halt Verlass!

Kare: Weil mi hungert! Und wenn mi hungert, dann hungert mi!

Lugge: Genau! Hunger ist der beste Koch! Also, zehn Euro zum Ersten ... *sieht in die Runde, ob ein höheres Gebot folgt, was aber scheinbar nicht der Fall ist* ... zehn Euro zum Zweiten ... uuund zehn Euro zum ...

Sepp: *Fühlt sich durch Lugges Bemerkung im Stolz verletzt:* Zehn fuchzge!

Kare: *Grantig und hungrig:* Hods di oder wos? Kimmt der mit an Fuchzgerl daher! I glaub, di hamma nimmer lang! Hättst halt glei gsagt, zehn Euro und a Fünferl, du Geizkragen du!

Sepp: *Gerät in Rage:* Fuchzehn Euro, dass a Ruah is, zenalln!

Lugge: Jawoll Sepp, lassdi ned lumpen! I sag allaweil: A Fleischwurscht is a Fleischwurscht! *Applaus brandet auf nach dieser Binsenweisheit.*

Kare: *Kann das nicht auf sich sitzen lassen, hat Hunger und ist durch Alkohol enthemmt:* Zwanzge! *Missgünstig zu Sepp:* Weil wenn mi hungert, dann hungert mi! Soll a Zwanzger hi sei, zefix!

Lugge: Verständlich! Also, zwanzig Euro sind geboten! Vom Kare, den es hungert!

Kare: Genau! Gscheit hungert mi! Gewaltig!

Lugge: Zwanzig Euro zum Ersten ..., zwanzig Euro zum Zweiten ... Sepp, hör i nix mehr von dir?

Sepp: Naa, zwanzig Euro für an Ring Fleischwurscht? Sei mir ned bös, aber es gibt Grenzen! Und wenn den Kare aso hungert, dann soll er den Ring haben!

Lugge: Und zwanzig Euro zum Dritten! Kare, kimm fira und zahl, dann ist der Ring dein! Der Ring der Nibelungen wird von Kare gleich verschlungen! *Diese in Reimform dargebrachte Bemerkung wird allgemein kaum verstanden, so dass es nur mäßiges Höflichkeitsgelächter gibt.*

Kare: *Geht unter den teils bewundernden, teils belustigten Blicken der Anwesenden nach vorne, zahlt und beißt gleich herzhaft in den Wurstring, die Haut ignoriert er.* Mmhh, is des wos guats! Und aso a milde Haut, de iss i glei mit! *Applaus brandet auf, weil Kare Müll vermeidet und die Haut, die an sich Abfall wäre, mitisst.*

Sepp: An Guadn, Kare!

Kare: *Wieder auf Harmonie bedacht:* Mersse, Sepp! Nix für unguat, gell! Owa wenn mi hungert, dann hungert mi!

Lugge: Sodala, der Start war scho ziemlich vielversprechend! A Zwanzger für an Ring Fleischwurscht, des is nicht übel! Jetza hamma ein gutes Tröpferl, und zwar einen Weißwein, gestiftet von unserer Festmutter Burger Kathi! Kathi, an sakrischen Dank dir!

Kathi: Passt scho!

Alois: Wos is denn für oaner?

Lugge: *Liest konzentriet das Etikett:* A „Grunzdorfer Brunnensprenger“, Jahrgang 2001!

Erwin: Is er recht sauer?

Lugge: Im Gegentum – am Etikett steht „lieblich“ droben!

Erwin: Dann passts! Weil des sauere Zeig mogi ned, des koppt mir dauernd auffa! Zwoa Euro daad i bieten!

Lugge: Zwei Euro sind geboten! Wer bietet mehr? *Stille im Saal.* Ned mehr? Alois, wia schauts aus?

Alois: Naa, i bin ned so da Weintrinker! A Bier wenns waar ...

Lugge: A Bier kimmt später aa no zur Versteigerung, Geduld!

Alois: Do bini dann dabei!

Lugge: Alles klar! Also, zwei Euro für den lieblichen Brunnensprenger! Bietet jemand mehr? Ned? Der is im Abgang erdig, steht oben, gell! Koaner mehr? Obwohl er im Abgang erdig is? Ja guat, dann zwei Euro zum Ersten ..., zwei Euro zum Zweiten ...

Kathi: *Die den von ihr gespendeten Wein nicht für einen dermaßen lächerlichen, ja schändlichen Betrag weggehen lassen will:* Fünfe! Dann saufen liawa selber!

Lugge: Jawoll, Kathi, Hut ab! Des is de richtige Einstellung! Fünf Euro zum Ersten ..., fünf Euro zum Zweiten ... uuuuund fünf Euro zum Dritten! Kathi, gratuliere, kimm fira zu mir, kriagst einen vollmundigen Wein! *Kathis Großzügigkeit wird beklatscht, sie nimmt den Wein, den sie vor Jahren vom Frauenbund zum 50. Geburtstag ge-*

	schenkt bekam, wieder mit nach Hause und hat der Feuerwehr etwas Gutes getan.
Lugge:	*Verschmitzt grinsend:* Etza ein erster erotischer Höhepunkt: Ein Dessous-Set, bestehend aus BH und Slip, gestiftet vom Modehaus Schwonzmeier! Schauts eich diese Pracht an! In dem schaut jede Frau aus wia d'Klum Heidi in ihrer Jugendzeit! *Hält BH und Slip lustvoll in die Höhe.*
Kare:	De meine ned! Dera konnst oziagn wos du willst, do is Hopfen und Malz verloren! Owa mir is des wurscht, sie kocht eins A! *Gelächter, gottlob ist Kares Frau nicht anwesend, da sonst die gute Stimmung schlagartig in den Keller sinken würde.*
Rudi:	Wos is denn des für a Farb?
Lugge:	*Mustert das Ensemble:* Oransch daadi sagen!
Kathi:	Apricot hoaßt des!
Lugge:	Mersse, Kathi! Do kennt sich halt a Weiberleit einfach besser aus! Also: Gebote für diese knisternde Erotik! Auf geht's!
Alois:	Wos is denn des für a Größe?
Kathi:	Da BH is 75C!
Alois:	Daad der meiner Rosa passen? De is an Meter 64 groß und hod umara 80 Kilo! Plus X! *Gelächter, auch die Gattin von Alois ist zum Glück beim Zumba-Abend und deshalb abwesend.*
Kathi:	I kenns ja, dei Rosa! Also der BH waar ihr z'knapp, deutlich! Der daad eher dir passen! *Verstärktes Gelächter, da Alois ziemlich übergewichtig ist und deshalb über einen stattlichen, allerdings komplett unerotischen Männerbusen verfügt.*
Alois:	*Ist gut gelaunt und lacht mit:* Dann is des für mi nix! Weil da Rosa passts ned und i ziags ned o! Sunst hoaßts glei …
Lugge:	Daad i aa sagen, Alise! Also, Männer, wia schauts aus? Hör ich Gebote? I daad jetza eher an die jüngeren Kameraden appellieren! Horstl, wos moanst? Do daad doch dei Regina ned schlecht ausschaun, oder?
Horst:	*Verlegen zu seiner Verlobten:* Wos moanst, Schatz?

Regina: *Errötend:* Also schlecht schauts ned aus! Owa dir muass es aa gfalln, weil sonst mages ned!

Horst: I kannt mir di ganz guat vorstelln in dem Fummel, ganz guat! *Küsst sie auf die Backe, was sie erneut erröten lässt.* Also, i daad zehn Euro bieten dann!

Lugge: Des is amal a Einstieg! Zehn Euro san geboten vom Horst für sein Schatz! *Mustert die attraktive Regina:* Also Regina, du daadst do wirklich super ausschaun, da trau i mir wetten! *Regina errötet zum dritten Mal.* Und, gibt's weitere Gebote?

Kevin: *In breitem Sächsisch:* Zwanzsch Euro!

Lugge: Ja, do schau her, unser neuer Kamerad aus den neuen Bundesländern! Sauber, sog i! Zwanzig Euro san geboten, vom Kevin! Horst, etza schaust, ha? Hörtma vo dir no wos?

Regina: *Flüstert Horst ins Ohr:* Biet weiter, bitte! Des is mindestens 50 Euro wert, des is a guade Qualität und schaut super aus! Biet weiter, Schatz, für mi, bitte!

Horst: Dreißig Euro!

Kevin: Fünfunddreißsch!!

Horst: 40!

Kevin: Fünfundvierzsch!!

Horst: 50!

Das Publikum hat den Bietermarathon verblüfft und amüsiert verfolgt. Weil dass ein Dessous-Set zweieinhalb mal so viel einbringt wie ein Ring Fleischwurst, ist ungewöhnlich, da man es nicht essen kann. Kevin ist verunsichert und kann nicht mehr höher gehen, zumal er seine Freundin nicht dabei hat und nicht definitiv weiß, ob ihr die Reizwäsche passen bzw. gefallen würde.

Kevin: *In Sächsisch:* Dann muss ich dem Horst den Vortritt lassen, weil meine Jaqueline ist heute im Zumba-Kurs und ich weiß nicht, ob ihr sowas so viel wert ist!

Kare: De dei aa? De mei hupft aa umanda, wia wenns a Wess gstocha hätt! Mei, de Weiber!

Kevin: Auf jeden Fall geb ich nicht so viel Geld aus und dann passt es eventuell der Jaqueline nicht!

Lugge: Do hast du recht, Kevin! Weil wenns ihr ned gfallt, dann sagts glei: „Spinnst ebba du?“ Also, dann waarma bei 50 Euro für de Aprikosnhosn und den BH mit 75 PS …

Kare: Da Lugge wieder! 75 PS! A Hund isa scho, mei liawa! Wias eam no allaweil eifallt! *Schüttelt begeistert den Kopf.* 75 PS, i werd no narrisch mit dem Lugge!

Lugge: Ja mei, a Gaudi muass sei! Also, 50 Euro zum Ersten, 50 Euro zum Zweiten und … hör i no wos? Nimmer? 50 Euro zum Dritten und letzten Mal! Horst, gratuliere, do hast wos Wunderbares ersteigert für dein Schatz! Regina, i daad sagen, des probierst glei an am Klo und führst uns de Wäsch dann vor, live praktisch. *Grinst, die anwesenden Männer grinsen ebenfalls. Man hört aus dem Hintergrund „Ausziehen“-Rufe.*

Regina: *Erneut errötend:* Des daad eich so passen! Da bleibt eich da Schnabel sauber!

Horst: Owa ehrlich! Des führts mir vor und sunst gar koan!

Lugge: Spaß muss sein! So, Leute! A Wurscht hamma scho ghabt, jetza ein Laib Bauernbrot, a Sechspfünder, gestiftet vom Rumpl Hans, Backofenbesitzer aus Rumpling! Nach einem uralten Familienrezept der alten Rumplerin, die wo seine Oma gewesen ist, gebacken! Es gibt nix bessers! Wia schauts aus? Ich bitte um Gebote? Und ich hoff, dass es rumpelt in der Kasse, wenns scho a Brot aus Rumpling is! Kare, des daad guat zu dein Ring Fleischwurst passen! I moan bloß!

Kare: *Zeigt den Rest des Ringes Fleischwurst, nur mehr bestehend aus einem traurigen Wurstzipfel von ca. 50 Gramm:* Zu spät! Weil in der Not schmeckt die Wurst auch ohne Brot! *Ruft in Richtung Wirt:* Schorsch, bring mir no a Weizen, i muass den Ring oweschwoam!

Lugge: Do hast du aa wieder recht! A Ring Fleischwurscht geht zwischeneine immer, do brauchts koa Brot ned! Also, Leit, auf geht's! Wia schauts aus? Ich bitte um Gebote für des leckere Bauernbrot!

Rumpl: Mei Brout is ned lecker, mirk dir des! Mei Brout is gschmackig! Oder knusprig! Oder nahrhaft! Owa lecker is mei Brout ned, weils koa preißisches Brout ned is! Lecker, er! Mei Oma, de alt Rumplerin daad sich im Grab umdrahn, wenns no leben daad! Lecker! Ja pfui Deifl!

Rumpl erntet Applaus für diese grundsätzliche Feststellung in Sachen Dialektwahrung und für die Kritik an der unbedachten Wortwahl des Auktionators.

Lugge: Do hod natürlich da Rumplbauer vollkommen recht! Hans, nix für unguat, des „lecker" is mir unüberlegt rausgrutscht, natürlich is dei Brot gschmackig und nahrhaft und guat, sorry! Also, was ist geboten?

Oma Huber: Is des glutenfrei?

Lugge: Rumplbauer, is des glutenfrei?

Rumpl: *Irritiert:* Wos? Also, do is a Mehl drin und a Salz und a Hefe und a Kümmel und aus! A Pris Zucker no und spezielle Gewürze. De verrat i ned! A Gluten oder wia des hoaßt hob i ned eincdo in den Doag!

Oma Huber: Ja, weil i frag bloß, weil i vertrag des ned! I kriag do immer Bauchweh, kolikartig direkt!

Rumpl: *Unwirsch:* Dann lassdas bleiben! Owa a Kolik hod aaf mei Brout no koaner kriagt, des miasst i wissen!

Oma Huber: *Gekränkt:* Fragen wirdma doch no derfa!

Kare: *Genervt:* Etza hörts amal aaf mit eierm bläden Brufen, zenalln!

Oma Huber: Gluten!

Kare: Is doch wurscht! Ich biete fünf Euro für den Loa Brout!

Lugge: Jawoll, des is ein Wort! Fünf Euro sind geboten! Des is doch scho amal ein Einstieg! Gibt's weitere Gebote?

Mane: Frage: Kimmt später no a weitere Wurscht?

Lugge: No freilich! A Stang Salami hamma no do vom Saugurgler Moser!

Moser: Metzgerei Moser hoaßt des, ned Saugurgler! Saugurgler! I glaub, mei Schwein pfeift!

Lugge: Spaß muss sein, sprach Wallenstein – und haute sich die Axt ins Bein! *Gelächter.* Moser, nix für unguat, i wollt des Ganze bloß a wengerl auflockern! Natürlich Metzgerei Moser! Also Mane, wia schauts aus?

Mane: Ja dann, dann biete ich sieben Euro! Weil wenns no a Wuscht gibt, dann brauch i des Brot ned trucka owewürgen!

Rumpl: Mei Brout schmeckt aa trucka, dass des klar is!

Mane: Is scho klar, Rumplbauer, is scho klar! Owa i brauch halt allaweil a Wurscht dazua!

Lugge: Do hob i vollstes Verständnis! Also, sieben Euro san geboten für diesen herrlichen Loa! Bietet wer mehr?

Kare: *Hinterlistig:* Achte!

Mane: Spinnst jetza? Du host doch scho dein Ring Fleischwurscht ghabt, jetza lass halt mir des Brot!

Kare: *Bockig:* Achte hob i gsagt und aus!

Mane: Zehn Euro!

Lugge: Des is a Wort, Mane! Zehn Euro san geboten! Zehn Euro zum Ersten ... *Mane beäugt misstrauisch Kare.* Zehn Euro zum Zweiten ...

Kare: Eleven!

Mane: Etza kimmta englisch aa no daher, da Depp! *Die Anwesenden verfolgen höchst amüsiert den Bieterstreit.*

Kare: Mi wunderts, dass da Mane überhaupt Englisch versteht! *Genießt das schadenfrohe Gelächter der übrigen Gäste, die allerdings zum Großteil auch nicht Englisch können.*

Lugge: Etza duats ned streiten! Ihr seids Feuerwehrkameraden, vergessts des ned! Und der Erlös is für unser Feierwehrkasse!

Mane: *Laut und bestimmt:* Fuchzehn Euro! Des werma nacha scho sehn, wer des Brot kriagt!

Rumpl: Jawoll Mane! Zoags eam!

Lugge: Fünfzehn Euro san geboten! Hut ab, Mane! Bietet jemand mehr? *Gespanntes Schweigen im Raum.* Kare, wia schauts aus?

Kare: Für fuchzehn Euro soll ers hom, sei bläds Brot!

Rumpl: *Erzürnt:* Bläds Brot! Reiß di bloß zamm!

Kare: War ned so gmoant, Hans!

Lugge: Also, dassma weiterkema: Fünfzehn Euro san geboten für des herrliche knusprige Brot! Fünfzehn zum Ersten ... fünfzehn zum Zweiten ... Kare? *Kare winkt desinteres-*

siert ab. Fünfzehn Euro zuuuuum dritten und letzten Mal! Mane, kimm her und zahl!

Mane geht triumphierend nach vorne, wirft Kare noch einen missbilligenden Blick zu und zahlt das völlig überteuerte Brot.

Lugge: Lass dir's schmecka, Mane!
Mane: I wart zerst no aaf d'Salami! Do wird dann mei ganzer Tisch satt!

Die mit Mane am Tisch sitzenden Kameraden spenden begeistert Beifall, einer lässt sich sogar zu Standing Ovations hinreißen, weil er nach mehreren Stücken Stollen und 17 Dominosteinen Heißhunger auf etwas Herzhaftes hat. Mane schleppt den Sechspfünder wie eine Trophäe nach hinten und genießt seine vorübergehende Beliebtheit.

Lugge: So, weida geht's! *Nimmt einen Umschlag zur Hand, öffnet ihn und liest vor, was auf der in ihm befindlichen Karte steht.* Ja mi host ghaut! Freunde, des is a Hammer! Ein Gutschein vom griechischen Gourmet-Restaurant Knossos für ein Candle-Light-Dinner für zwei Personen mit sechs Gängen, inklusive Getränke, im Wert von sage und schreibe 80 Euro! Da sog i jetza scho herzlichen Dank beim Wirt Alfons Wurm! Applaus fürn Alfons und seine griechische Gattin, die er aus seinem Mykonos-Urlaub mitbracht hod! Wia hoaßts jetza wieder, dei Holde? Etcetera, oder?
Alfons: Helena!
Lugge: Ah ja, genau! Mersse Helena! Oder wie der Grieche sagt: „Gyros Kalamare sind das einzig Wahre! Und nach einem Liter Wein, geht aa no a Souflaki rein! Und bist immer no ned satt, isst no a Poseidon-Platt'!" *Lacht über seinen eigenen schwachen Gag.*
Erwin: *Flüsternd zu seinem Tischnachbarn Franz:* Es is scho a Wahnsinn, ha! Früher wars a total verhaute Boazn, „Fonsi's Wurmloch" hods ghoaßn, und jetza? Jetza is a Gourmet-Restaurant! Es is scho a Wahnsinn!
Franz: Do segtma wieder, wos a Weiberts ausmacht!

Erwin: Genau, des is des! Ohne de Griechin waars heit no a Wurmloch!

Lugge: *Mahnend:* Duats ned flüstern, duats bieten! Also, wer fangt o?

Erwin: Zwanzig Euro!

Lugge: *Abfällig:* Zwanzig Euro? Wos soll jetza des? Der Gutschein is 80 Euro wert!

Erwin: Des war ja bloß zum Einstieg!

Franz: Dreißig!

Lugge: Des is aa no schwach! Also Leit, i bitt eich recht schee!

Vorstand: An Fuchzger daad i bieten!

Lugge: Jawoll! Alle Achtung! Etza kriagt de Sach langsam an Schwung! 50 Euro bietet unser Vorstand! *Zum Vorstand:* Do konnst dann mit deiner Renate amal a mildes Tintenfischfilet essen! Und mit an Metaxa oweschwoam! Wia hod scho da Roland Kaiser gsunga: Griechischer Wein ist so wie das Blut der Erde!

Vorstand: Des war da Udo Jürgens und da Metaxa is koa Wein, sondern a Schnaps!

Lugge: Do segtma halt wieder, dass unser Vorstand eine mittlere Reife hod, der kenntse aus in der Schlagerszene! Danke für den Hinweis, Martin!

Vorstand: Gern gschehn!

Lugge: Aber noch ist nicht aller Tage Abend, noch ghört dir des Dinner no ned! Gibt's weitere Gebote? Mir san bei 50 Lire, wia da Grieche sagt, haha!

Vorstand: Des sagt da Italiener, da Grieche sagt Drachmen!

Lugge: Haargenau, des sagt er, da Grieche! Also, wer bietet mehr? Fünfzig Euro zum Ersten ... fünfzig Euro zum Zweiten ...

Fremder: 80 Euro würde ich bieten! *Raunen und Staunen im Saal.*

Lugge: Wer san Sie, wenn i fragen derf? Bei da Feierwehr san Sie ned!

Fremder: Ich komme aus Castrop-Rauxel und bin Hausgast hier! Und ich dachte mir, ich seh mir mal so eine typische boarische *spricht dieses Wort seltsam aus* Weihnachtsfeier an!

Lugge: Hut ab! Sans alloa do? Weil alloa 80 Euro verfressn, des is ned einfach! Und dem Alfons sei Helena kocht guat und reichlich, oder, Kameraden? De Marathonplatte für zwei zum Beispiel, des is ebbs für drei Mann! *Bekräftigender Applaus der Anwesenden.*

Fremder: Neenee, meine Frau ist auch dabei! Sie hat sich nur schon hingelegt, wir sind heute schon eine Schitour gegangen!

Lugge: Hut ab! Wo seids denn hitourt? Am Ochsengrat oder am Gaglstoa?

Fremder: Wir waren am Gaglstoa! *Spricht auch dieses Wort seltsam aus.* Und wissen Sie, meine Frau hat morgen Geburtstag! Und da wäre doch dieses Candle-Light-Dinner das ideale Geschenk!

Lugge: *Begeistert:* Ja freilich! Besser geht's ja ned! Da wird's spitzn, die Gattin! Oder, Leit? *Applaus signalisiert totale Zustimmung zu dieser romantischen Idee, man gönnt dem Fremden bzw. seiner schlafenden Frau das Gourmet-Erlebnis anlässlich des Geburtstages.*

Fremder: *Fast errötend:* Danke schön!

Lugge: Dann daad i sagen: Der Gutschein steht dem Herrn aus …

Fremder: Castrop-Rauxel!

Lugge: Genau! Der steht dem Herrn zua und i sag bloß no 80 Euro zum Ersten, Zweiten und Dritten! Bittschön, kemmans fira!

Fremder: Wie bitte?

Lugge: Kommen Sie hervor zu mir!

Der Fremde geht nach vorne, erhält gegen Zahlung von 80 Euro den Gutschein und geht unter den bewundernden Blicken der Anwesenden wieder ganz nach hinten an seinen Platz. Eine dermaßen großzügige Geste gegenüber der eigenen Gattin hat man hier selten erlebt.

Lugge: *Unter gönnerhaftem Kopfnicken:* Do segtmas halt wieder: Der Norddeutsche hod ein Gespür für Frauen! De san ned so Grobiane wia mir! *Allgemeines Grinsen, weil jeder außer dem Fremden weiß, dass Lugge diese Bemerkung ironisch gemeint hat.* So Leit, dassma weidakema im Pro-

	gramm: Jetza zur Hartwurscht von der Metzgerei Moser. *Spricht „Metzgerei Moser" sehr gewählt aus, um seinen „Saugurgler" wieder gutzumachen.* Was ist geboten? Schauts eich amal diese herrliche Stang Hartwurscht o, eine Pracht! *Hält eine tatsächlich sehr lange Stange Wurst in die Höhe.*
Moser:	Bloß zwecks da Richtigkeit: Des is ned einfach a Hartwurst, des is eine Edelsalami! Mit Kirschwasser verfeinert und luftgetrocknet! Da kosten normal 100 Gramm 2 Euro 70!
Kare:	Des konn jeder sagen!
Moser:	Des san Tatsachen!
Lugge:	Is jetza wurscht, ich bitte um Gebote! Mane, wos is jetza? Du wolltst doch a Ergänzung für dei Rumplbrot!
Mane:	Richtig! Und drum geh i glei in die Vollen: 25 Euro!
Kare:	Dreißig!
Mane:	Etza fangst du scho wieder o mit dem Schmarrn!
Kare:	Des is a Edelsalami, do is a Schnaps drin! 35 Euro hob i gsagt und ich bitte um Kenntnisnahme!
Mane:	Spinnst du komplett? Du konnst dich doch ned selber überbieten!
Kare:	*Trotzig:* Vierzig Euro! Des werma nacha scho seng! *Totale Konsternierung im Saal, da so etwas in der langjährigen Geschichte der Christbaumversteigerungen noch nicht vorgekommen ist.*
Lugge:	Kare, etza dua amal langsam! Beruhig di wieder! Du muasst fei scho bedenken, dass da Mane des Brot unter der Prämisse gesteigert hod, dass er no a Wurscht dazua kriagt!
Kare:	Unter wos?
Vorstand:	Unter der Prämisse! Voraussetzung hoaßt des, do sagtma Prämisse!
Kare:	Gib ned aso an mit deiner Mittleren Reife! Aaf jeden Fall biet i 40 Euro! Dann soll da Mane mehr sagen, wenn er de Hartwurscht haben will!
Moser:	Edelsalami!
Kare:	Is doch wurscht! Wurscht is Wurscht!
Mane:	41 Euro!

Lugge: Etza kimmt da Mane, jawoll! 41 Euro zum Ersten, zum Zweiten und … *Kare winkt ab, er ist zufrieden damit, dass Mane für einen Laib Brot und eine Stange Salami insgesamt 56 Euro berappen muss.* Uuund zum Dritten! Mane, gratuliere und einen Guten!

Mane holt sich seine Wurst und zerteilt Brot und Wurst mit seinem Taschenmesser. Man lässt es sich an seinem Tisch schmecken und achtet nicht weiter auf die Versteigerung weiterer Gegenstände und Leckereien. Unter anderem werden noch ein Ster Brennholz, verschiedene Weine minderer Qualität, etliche Flaschen Spirituosen, von Oma Huber selbstgestrickte Wollsocken, eine DVD von Helene Fischer, eine Sense, ein Rechen und 5 Liter Frostschutzmittel für die Autowaschanlage angeboten. Den Höhepunkt bildet die Versteigerung des Christbaumes, den Kare, schon sehr vom Alkohol enthemmt, für 148,50 Euro sein Eigen nennen darf. Der hohe Preis führt allerdings dazu, dass er sich vom Vorstand 3,50 Euro ausleihen muss, um den Baum bezahlen zu können. Doch entscheidend ist, dass insgesamt ein vierstelliger Betrag der Vereinskasse zugute kommt. Zum Schluss ist man sich einig: Schee wars wieder!

Die Geduld des Jägers

Kare:	Man muass im Leben a Geduld haben!
Sepp:	Scho klar, owa wieso sagst des jetza?
Kare:	Weil i festgstellt hab, dass sich vieles durch Zeitablauf erledigt, man muass bloß Geduld haben!
Sepp:	Etza red ned so rätselhaft daher, wia moanst denn des?
Kare:	I bin etza 71 Jahre alt, und gestern wars soweit!
Sepp:	Gestern wars soweit? Wos war gestern soweit?
Kare:	Seit dass i vierzehn Jahre alt bin, will i Stadtmeister im Slalom wern, owa nie bin i des worn. Dauernd warn a paar schneller wie i!
Sepp:	Des wundert mi ned, weil a guada Schifahrer warst du nie! Also nix für unguat, owa do gibt's deutlich bessere!
Kare:	Des mog sei, aber mei Geduld hod sich auszahlt!
Sepp:	Wia des?
Kare:	Gestern bin i Stadtmeister im Slalom worn!
Sepp:	Hut ab, gratuliere! Hast ebba jahrelang hintrainiert?
Kare:	Des ned, owa in meiner Altersklasse san bloß zwoa gestartet und den anderen hods gworfa!

Weihnachten ist ein zentrales Fest in unserem Kulturkreis. Christen, Kinder und der Einzelhandel fiebern ihm entgegen und freuen sich darauf. Auch in der Schule sprechen die Lehrer natürlich mit den Schülern über den Nikolaus, den Advent, den Heiligen Abend und die Dinge, die damit zusammenhängen. In einer Grundschulklasse irgendwo in Bayern wurde den Kindern aufgetragen, einen Aufsatz über das Weihnachtsfest und was so alles dazugehört, zu schreiben. Die bemerkenswerteste Arbeit lieferte der kleine Paul ab, denn er beschäftigte sich nicht nur mit dem Weihnachtsfest in unseren Breiten, sondern er blickte über den Tellerrand hinaus und beschrieb, wie er sich die festliche Zeit in anderen Teilen der Welt vorstellt. Die Rechtschreibfehler habe ich im Interesse der besseren Verständlichkeit weggelassen. Der Titel seines literarischen Werkes lautet

Weihnachten hier und woanders

Bei uns ist Weihnachten normal. Es schneibt und ist kalt, manchmal nicht, aber oft schon, aber früher öfter. Es kann jedoch auch regnen, das nennt man Dreg- oder Sauwetter. Einmal war so ein Dregwetter, dass ich nicht hinaus konnte und mein Vater hat gesagt, er dreht noch durch, weil ich den ganzen Tag herumsitze und dumm schaue. Ich sagte „gleichfalls" und er sagte, ich soll mich bloß zusammenreißen, sonst fällt der Watschenbaum um. Das ist ein Schmarrn, weil wir haben gar keinen Watschenbaum, sondern nur einen Christbaum. Und dieser fällt nicht um, bloß weil ich dumm schaue.
Mir wäre es auch lieber, wenn es schneiben würde, weil dann könnte ich draußen Schlitten fahren oder einen Schneemann bauen und bräuchte nicht so dumm schauen, dass es meinen Vater nervt. Einmal war er sehr grantig, weil er hat zu meiner Mutter gesagt: „Wenn es bloß endlich schneiben daad! Weil der Bub sitzt nur herum und schaut dumm, und sie hat gesagt: „Das hat er von dir!" Dann hat sie gelacht und er nicht.
Aber wenn es einmal schneibt, dann passt es ihm auch wieder nicht. Wie einmal ganz viel Schnee heruntergefallen ist, war Sonntag. Da hat um sechse in der Frühe unser Nachbar schon Schnee geräumt und die Schneeschaufel hat so gescheppert, dass mein Vater wach geworden ist. Das war ihm sehr zwider, denn er war erst umara halbe viere von

der Geburtstagsfeier vom Grunzer Isidor heimgekommen, ohne Auto, aber mit Rausch. Er hat das Fenster aufgemacht und hinausgeschrieen: „Raam doch glei scho um fünfe, du Kasper!“ Das verstehe ich nicht, weil erstens war meinem Vater ja um sechse schon zu früh und zweitens heißt unser Nachbar Konrad und nicht Kasper.
Später ist dann der Schneepflug gekommen, der war gottseidank so laut, dass man die Schneeschaufel vom Nachbarn nimmer gehört hat. Aber ich wollte ja über Weihnachten schreiben und nicht über unseren Nachbarn.

Der wichtigste Tag vom ganzen Weihnachten ist der Heilige Abend. Da sind alle daheim und Mama muss nicht kochen, weil Papa holt etwas vom Griechen, vom Italiener oder vom Chinesen, auf jeden Fall etwas typisch Weihnachtliches wie zum Beispiel Gyros, Pizza Funghi oder Nummer 71 mit Knoblauch und mit scharf für ihn, aber ohne scharf für Mama, weil die verträgt kein scharf.
Dann essen wir und ich kann es kaum erwarten, bis das Essen aus ist, weil die Geschenke kriegen wir erst nach dem Essen.
Einmal wollte mein Vater einen Witz machen, damit eine Stimmung ist an Weihnachten und hat für Mama Nummer 71 mit sehr scharf gekauft, aber ihr nichts gesagt und sie hat gemeint, es ist 71 normal.
Alles war schön hergerichtet und Mama hatte das gute Geschirr auf den Esszimmertisch hingestellt, das wir sonst nur nehmen, wenn jemand da ist, und auf den Servietten waren Engerln und Nikoläuse und eine CD sang „Süßer die Glocken nie klingen“, dann „Oh du fröhliche“.
Zum Trinken gab es für Mama und Papa Rotwein aus riesigen Gläsern und die waren schon gefüllt, weil Papa hat gesagt, ein guter Rotwein muss schnaufen, bevor dass man ihn trinkt. Ich durfte zur Feier des Tages ein Cola trinken, damit ich später beim Fernsehschauen nicht einschlafe.
Es war superfeierlich und sogar Kerzen brannten auf dem Tisch. Wir setzten uns hin und fassten uns an den Händen und sagten ganz laut „Frohe Weihnachten und einen guten Appetit!“. Und dann noch „Pieppieppiep, mir hamm uns lieb!“ Dann fingen wir an zu essen und bald war eine Stimmung, aber keine gute!
Mama hat im ersten Moment nichts gespannt, weil 71 sehr scharf ist eine hinterlistige Nahrung, die wo erst so tut, als wäre sie nicht scharf,

aber sie ist es und zwar sehr! Auf einmal hat Mama ein ganz rotes Gesicht gekriegt und man hat gar nimmer gemerkt, dass sie sich extra wegen Weihnachten die Lippen rot angemalt hat, weil der Rest vom Kopf war auch rot, bloß ihre Haare blieben blond.
Dann hat sie vor lauter Durst das ganze Glas Rotwein, das vor ihr stand, ausgetrunken, und das vom Papa auch, weil eines reichte nicht zum Löschen – zwei auch nicht, und mein Cola musste auch daran glauben. Jetzt war wahrscheinlich auch ihr Magen rot vom Wein.
Geschwitzt hat sie, dass ihr das Wasser vom Hirn heruntergeronnen ist und ins 71 sehr scharf getropft ist. Sie hat dann etwas gesagt, aber es ist nichts Lautes aus ihrem Mund herausgekommen. Man hat aber trotzdem gehört, dass sie „Wahnsinn" geflüstert hat und „der Kinäs gehört sich eingesperrt!". Man musste aber ganz genau hinlusen, weil gut verstand man sie nicht.
Papa hat dann lieber nicht gesagt, dass er schuld ist, weil er absichtlich 71 sehr scharf bestellt hat, damit eine gute Stimmung ist, denn Mama hatte keine gute.
Nach ungefähr drei Minuten konnte sie erst wieder laut sprechen, aber da wirkten schon die zwei Gläser Rotwein, die sie auf ex getrunken hatte, und man verstand sie wieder nicht gut.
Sie sagte „illemmibissiihii" oder so ähnlich und Papa schaute mich an und ich ihn und wir wussten nicht, was sie wollte. Wie sie dann vom Stuhl aufrumpelte und sich auf die Couch legte und sofort einschlief, kam es uns: Sie hatte sagen wollen „i leg mi a bissl hi"!
Es wurde dann noch ein schöner Heiliger Abend, weil ich kriegte eine Ritterburg und Papa und ich bauten sie zusammen und niemand störte uns.
Der Heilige Abend ist aber nicht überall so wie bei uns. Woanders ist er anders.
Zum Beispiel in Indien. Da ist er gar nicht am Heiligen Abend, sondern irgendwann! Und für Inderkinder kommt auch nicht das Christkind, da heißt es wahrscheinlich Buddhakind oder so.
Ganz anders sind auch die Geschenke in Indien. Einem Inderkind braucht das Buddhakind niemals Schi bringen oder einen Schlitten, weil das wäre total sinnlos, weil es keinen Schnee gibt, bloß auf dem Himalaya und da wohnt fast niemand, bloß Familie Yeti, und ob es die überhaupt gibt, ist nicht gewiss. Auch einen Pullover oder einen Mantel braucht es nicht, weil es ist immer heiß. Die größte Freude wä-

re für Inderkinder wahrscheinlich eine Sonnenbrille oder ein Kühlschrank, eventuell auch ein Eis!

Beim Essen am Heiligen Abend gibt es dort Verschiedenes, aber auf jeden Fall Curry, weil das ist in Indien Pflicht. Auch scharf ist in Indien Pflicht! Eine indische Mama würde zum Beispiel bei 71 sehr scharf niemals so einen Zirkus machen wie meine Mama. Die würde es essen und aus! Wahrscheinlich würde sie sogar sagen „guad wars“, aber auf indisch.

Aber trotzdem müssen die Inder beim Weihnachtsessen achtgeben, und zwar nicht wegen scharf, sondern wegen Rindfleisch! In Indien ist jedes Rindviech heilig und wenn man eines isst, ist es eine Sünde, genauo wie bei uns Leberkäse am Karfreitag, sogar noch schlimmer als das. Im Verkehr hat in Indien zum Beispiel jedes Rindviech Vorfahrt.

Aber obwohl die Inder kein Rindfleisch essen dürfen, haben sie an Weihnachten und auch sonst eine gute Stimmung und sie lachen oft. Mein Vater sagt, das liegt daran, dass sie dauernd Kichererbsen essen, aber ich glaube, das ist ein Witz, denn der Name vom Essen sagt gar nichts. Ich habe einmal Brechbohnen gegessen und nicht gebrochen und Opa trinkt manchmal ein Bockbier und bockt nicht. Oma trinkt oft Eierlikör, aber sie hat noch nie ein Ei gelegt.

Ob in Indien ein Nikolaus kommt, weiß ich gar nicht, aber eher nicht. Weil wenn es so heiß ist, dann schwitzt dieser ja in seinem roten Wollgewand wie Sau, von der drumm Haube und dem Bart will ich gar nichts sagen! Und die großen Stiefel sind auch noch gefüttert, das hält ein normaler Nikolaus nicht aus!

In Afrika ist es wahrscheinlich so ähnlich wie in Indien, weil da ist es auch heiß außer am Kilimandscharo ganz oben. Aber die Afrikaner dürfen wenigstens ein Rindfleisch essen, immerhin.

Leider haben sie aber keinen Christbaum, sondern höchstens eine Christpalme. Tannen gibt es in Afrika nicht, darum singen sie auch nicht „Oh Tannenbaum“, sondern „Oh Palmenbaum“, natürlich auf afrikanisch. „Leise rieselt der Schnee“ singen sie gar nicht, weil es ein Schmarrn wäre, weil keiner rieselt. Da tun sie mir schon leid, vor allem die Kinder, weil die können nicht einmal einen Schneemann bauen, Schlitten fahren sowieso nicht, weil da gibt es nur Sand.

Einen Sandmann können sie aber auch nicht bauen, denn es gibt zwar genügend Sand, aber der hält nicht und es würde immer nur ein Haufen werden, kein Mann. Und in den Sand kann man auch keine gelbe Rübe als Nase stecken, denn sie hält nicht.

Am meisten tuen mir die Menschen in Australien leid. Die sind eh schon arm dran, weil sie ganz unten an der Weltkugel dranhängen. Aber besonders leid tun sie mir an Weihnachten. Bei denen ist nämlich der Heilige Abend mitten im Hochsommer! Also schon am 24. Dezember, aber trotzdem! Es hört sich zwar komisch an, aber in Australien ist der Winter im Sommer! Es ist ja sowieso ein komisches Land und mich wundert bei Australien gar nichts mehr: Es ist supertrocken, obwohl rundum das Meer ist und Kängurukinder wohnen im Beutel der Mutter, weil der Vater hat keinen!
Noch krasser ist es am Nordpol, denn da ist auch im Sommer Winter, weil da ist immer Winter! Ein Eskimokind braucht sich vom Christkind niemals ein Radl wünschen oder ein Skateboard, denn das ist total sinnlos, weil man eh nicht fahren kann. Eigentlich baucht man nur Schi und einen Schlitten, sonst nichts! Eines ist schon cool am Nordpol: Es gibt zwar keinen Hügel und es ist brettleben, aber man kann trotzdem Schlitten fahren, weil es Schlittenhunde gibt! Diese tuen den ganzen Tag nichts anderes als Schlitten ziehen, denn das ist ihr Hobby. Der Südpol ist zwar auf der anderen Seite, aber da ist es genauso.

Wenn ich mir Weihnachten in anderen Ländern so vorstelle, dann ist es mir eigentlich bei uns am liebsten!

Der winterliche Unfall

Kare:	Ja Sepp, warum schaust denn so bedrückt? Wos is denn dir für a Laus über d'Leber glaffa?
Sepp:	Ach, i kannt narrisch wern! Mir is gestern wos Furchtbares passiert! Des wenn aufkimmt, dann hods mi, dann bini dran! Akkrat mir muass des passiern!
Kare:	Ja, um Gottes Willen! Wos war denn? Erzähl!
Sepp:	I traus mir gar ned sagen, es is einfach dermaßen brutal, wos mir passiert is! Owa i konn nix dafür, es war a Unfall! I hob des echt ned mit Absicht gmacht! Bis i gschaut hob, hods gscheppert!
Kare:	Des is ja furchtbar! A Unfall! Etza schockst mi owa gewaltig! Wos war denn nacha genau?
Sepp:	I hob an Nikolaus zammgfahrn, gestern Abend!
Kare:	Wos??? An Nikolaus host zammgfahrn? Gestern Abend? Am 5. Dezember? Wo nacha, wo is des passiert?
Sepp:	Direkt vor meiner Garage, aaf da Zufahrt.
Kare:	Vor deiner Garage? Wos macht denn a Nikolaus vor deiner Garage?
Sepp:	Nix! Der is einfach do gstandn. I war aa total überrascht, i hob ja ned damit grechnet, dass in meiner Garageneinfahrt der Nikolaus steht. Und es war ja scho kurz nach achte, stockfinster – und gschneibt hods aa, i hob den zu spät gsehn! Des wenn aufkimmt, aus is! Des hod einen Schepperer do, i hob gmoant, mi trifft da Schlag!
Kare:	Is eam wos passiert?
Sepp:	Wos passiert? Der is hi!
Kare:	Woooos? Hi? Mach koane Scherze, mit sowos machtma koane Scherze!
Sepp:	Wennes dir sog, der is hi! Den kannst du vergessen, finito, Ende Gelände, Game over!
Kare:	Ja sag amal, wia redst denn du do drüber? Ende Gelände! Des is doch tragisch, des kannst doch ned so brutal sagen! Host du koan Sanka gholt? Oder d'Polizei eigschalt? Oder wenigstens Wiederbelebung gmacht?

Sepp: Wiederbelebung? Des kannst du vergessen! Wenn da Kopf neben dem Körper liegt, dann brauchst du koa Wiederbelebung nimmer macha.

Kare: Spinnst du? Da Kopf neben dem Körper? War da Kopf abgetrennt? Ja sag amal, willst du mi verarschen oder wos? Du kannst doch ned da im Wirtshaus sitzen beim Frühschoppen und mit mir a Halbe trinka, wenn du gestern an Nikolaus zammgfahrn host und dem sei Kopf weg is, des kannst du doch ned macha! Hast denn du koa Angst vor der Polizei?

Sepp: Eigentlich ned, eher vor meiner Frau! De is gestern zu ihrer Muada gfahrn und heit Mittag kimmts wieder! De wenn den Nikolaus segt, de flippt aus!

Kare: Do daad i aa ausflippa, des sag i dir! Wo is er denn jetza, der Nikolaus?

Sepp: I hobna in d'Mülltonne gworfa, zammt dem Kopf!

Kare: In d'Mülltonne??? Ja sag amal, spinnst du komplett? Du kannst doch a Unfallopfer, des du zammgfahrn hast, ned einfach in d'Mülltonne werfa! Des is doch a Verbrechen, einfach a Leiche beseitigen! No dazua, wenn man den Menschen selber umbracht hod!

Sepp: Etza übertreibst owa scho a weng! Leiche, umbracht! Du duast ja grad aso, als waar so a Nikolaus a Mensch!

Kare: I glaub, du bist geistig nimmer ganz sauber! Natürlich is a Nikolaus a Mensch! Und a Menschenleben is wertvoll!

Sepp: Mei, wos hoaßt wertvoll – billig war er ned! Den hod mei Frau kauft beim OBI, 129 Euro hod er kost, is owa lebensgroß! Schaut echt aus wia echt! Sie war ganz stolz drauf, dass mir de oanzigen san, de an lebensgroßen Nikolaus als Dekoration vorm Haus hamm. I konn doch ned wissen, dass de den vo da Haustür weg hod und direkt vors Garagentor higstellt hod, also ned direkt, so links. De wenn heit Mittag hoamhimmt, de bringt mi um!

Kare: Sepp, woaßt wos?

Sepp: Naa, wos denn?

Kare: Du bist und bleibst a Depp!

Sepp: Des wird wahrscheinlich mei Frau aa sagen!

Es ist leider eine Tatsache, dass in den Medien oft nur die Stars, die VIPs, die Promis oder wie immer man sie auch nennen mag, präsentiert werden. Die ganz „normalen" Menschen wie du und ich – und das ist die überwiegende Mehrzahl – finden oft kein Gehör. Man gibt ihnen kein Podium, sich und ihre oft wertvolle Arbeit ins rechte Licht zu rücken. Wenn einem Filmsternchen einmal ein Busen (ohnehin ein künstlicher) aus dem absichtlich viel zu engen Shirt rutscht, das wird hundertmal auf allen Fernsehsendern wiederholt, obwohl dahinter keine Leistung steckt, sondern Blödheit, Mediengeilheit und ein Schönheitschirurg.
Wenn aber ein Schreiner ein schöne Bettstatt gebaut hat, oder wenn ein Gas- und Wasserinstallateur ein verstopftes Klo wieder durchlässig gemacht hat, das interessiert niemanden, außer denjenigen, der in der Bettstatt liegt oder der das Klo endlich wieder benutzen kann. Das ist nicht gerecht!
Auf der anderen Seite ist es oft nicht einfach, den „ganz normalen" Menschen vor laufender Kamera oder vor dem Mikrofon Dinge zu entlocken, die den Unterhaltungswert liefern, den die Konsumenten vor dem Bildschirm oder dem Radio erwarten. Es ist halt nicht einfach für einen medial unerfahrenen Menschen, sich und eine interessante Tätigkeit ins rechte Licht zu rücken.
Dessen ungeachtet hat ein Journalist den Versuch gewagt, den spannenden und wichtigen Beruf eines Schneepflugfahrers aus erster Hand zu präsentieren. Herausgekommen ist dabei folgender Live-Bericht, der den Hören anschaulich zeigen soll wie es ist, wenn

Kare räumt

Reporter: Liebe Zuhörerinnen und Zuhörer! Der Winter hat ja heuer seine Visitenkarte schon sehr früh abgegeben. Ich hoffe, er hat Sie nicht kalt erwischt, um es salopp zu sagen, hahaha! Ein Klassiker unter den Winterwitzen! Es hat ja in der vergangenen Nacht über 20 Zentimeter geschneit! Und damit wir alle trotzdem sicher auf den winterlichen Straßen unterwegs sein können, dafür sorgen Männer wie Karl Schmidhuber!

Kare: Bauer!

Reporter: Karl Bauer!

Kare: Naa, Schmidbauer!

Reporter: Achso, Schmidbauer! Karl Schmidbauer!

Kare: Haargenau! Konnst owa ruhig Kare sagen! Zu mir songs alle Kare! Bloß mei Frau ned, de sagt Schmidbauer!

Reporter: Ach was?

Kare: Wennes dir sog! Mei Irene, des is scho oane! *Grinst.* A ganz a schweinerne!

Reporter: Jaja, die Frauen! Was wären wir ohne sie!

Kare: Ledig!

Reporter: Haha! Ok, Kare, kommen wir zu deinem verantwortungsvollen Job! Wann ging es für dich los heute?

Kare: Umara halbe fünfe.

Reporter: Alle Achtung! Seit halb fünf Uhr räumt Kare schon Schnee, liebe Hörer!

Kare: Naaaa, aufgstanden bini um halbe fünfe, aufgstanden! I steh ja ned auf und hob scho d'Schaufel in da Hand, so schnell schiaßen d'Preißn aa wieder ned!

Reporter: Aah ja! Und dann rein in den Schneepflug und ab die Post!

Kare: *Irritiert:* Wos? Naa, dann hab i frühgstückt! A Blunzn und a Weckl!

Reporter: Wie bitte?

Kare: Einen Pressack und ein Salzweckel!

Reporter: Achso! Ja, ok, ist klar: Man braucht natürlich eine Unterlage für diese anstrengende Tätigkeit!

Kare: Mei, wos hoaßt anstrengend – raama duat ja da Schneepflug, ned i. I fahr ja bloß! Eigentlich fahr i ned amal, des duat aa da Schneepflug, i sitz bloß drin und gib Gas oder brems, je nachdem! Wenns schneller geh soll, dann gib i Gas, wenns langsamer geh soll, dann bremse – des is mei Taktik!

Reporter: Schon klar, schon klar! Aber trotzdem! Also ein Pressack und ein Salzweckel lassen Sie sich schmecken – und dann?

Kare: Dann an Kafä!

Reporter: Ist klar, denn Kaffee macht müde Männer munter, haha! Oder, Kare?

Kare: Scho.

Reporter: Und dann ab auf die Piste! Frisch gestärkt!

Kare: Laaaangsam! Lass dir halt derzeit! Zerst rasiern!

Reporter: Natürlich! Auch ein Schneepflugfahrer achtet auf sein Äußeres, liebe Zuhörer! Mann bleibt Mann!

Kare: Mei, i rasier mi halt. Wia a normaler Mensch.

Reporter: Selbstverständlich! Dann geht's frisch rasiert und frisch frisiert auf die verschneiten Straßen der Gemeinde!

Kare: Ned direkt! Aufs Klo geh i aa no, manchmal scho vorm Rasiern, des is unterschiedlich! Woaßt ja selber, wia des is: Manchmal geht ebbs, a anders Mal wieder ned! Hängt aa davon ab, wosma am Dog davor gessn hod. Zum Beispiel wenn …

Reporter: *Unterbricht ihn:* Im Detail interessiert das unsere Hörer nicht, aber schon klar – auch die Verdauung fordert ihr Recht! Das muss sein.

Kare: *Grinsend:* Der Morgenschiss ist mir gewiss – auch wenn er erst am Abend is! Des is a alts Sprichwort!

Reporter: Haha, toll! Und dann steigen Sie erleichtert in den Schneepflug!

Kare: Duschen dua i zerst no, duschen! Ohne Duschen geht bei mir rein gar nix! I bin a fanatischer Duscher! Mei Irene, de sagt allaweil: „Schmidbauer, was du duschst, des geht aaf koa Kuahhaut ned!" Sie badet liawa, owa i bin eher da Duscher in der Familie! I kimm aa schlecht aus da Badwann außa, des is a recht a glitschige Sach! Und drum dusch i liawa.

Reporter: Ach was!

Kare: Jawoll, aus Sicherheitsgründen! A Schulkamerad vo mir, da Wumpfer Ferdl, der is in da Badwann ausgrutscht, des hätt bläd ausgeh kinna, ganz bläd!

Reporter: Oh mein Gott? Was ist ihm denn passiert?

Kare: Nix, owa des hätt bläd ausgeh kinna! Und drum dusch i liaber, weil do steh i scho und konn beim Aufsteh ned ausrutschen!

Reporter: Toll! *Leicht ungeduldig:* Äh, kommt dann noch was, bevor es mit dem Räumen losgeht?

Kare: Scho! Oziagn muass i mi aa no. Weil es is ja ned grad warm draußen! Weil wenns warm waar, dann daads ja ned schneim, des is logisch. Es schneibt ja bloß, wenns kalt is!

Reporter:	Da haben Sie recht, Kare, da haben Sie vollkommen recht!
Kare:	Da hast DU recht!
Reporter:	Wieso ich?
Kare:	Naa, i moan, „du" sollst sagen zu mir, mir san doch per du, ich bin doch da Kare, hob i gsagt!
Reporter:	Ach ja, genau, natürlich! Nix für ungut, Kare!
Kare:	Passt scho!
Reporter:	Also dann, dann ...
Kare:	*Unterbricht ihn:* Owa ned zu kalt! Wenns zu kalt is, saukalt zum Beispiel, oder no kälter, dann schneibts ungern!
Reporter:	Logisch, zu kalt sollte es auch nicht sein!
Kare:	Haargenau! So umara null Grad is ideal.
Reporter:	So um den Gefrierpunkt meinen Sie, äh meinst du?
Kare:	Umara! Es konn aa ruhig a wengerl kälter sei.
Reporter:	Ach ja?
Kare:	Ja! Oder wärmer, je nachdem. Owa wia gsagt, ned zu warm, weil dann rengts eher! I moan, natürlich, aaf da Zugspitz schneibts immer, aa wenns bei uns warm is. Owa des is mir praktisch wurscht, weil aaf da Zugspitz raam i ja ned!
Reporter:	Aha! Aber kommen wir zurück zu deinem Räumtagwerk. Hast du, was das betrifft, eine Art Philosophie?
Kare:	Naa, bloß an Schneepflug!
Reporter:	Haha! Nein, ich meine, gibt es für dich als Schneepflugfahrer eine innere Einstellung zu deiner wichtigen Tätigkeit, eine Motivation?
Kare:	Wos???
Reporter:	Beim Schneeräumen, was treibt dich an?
Kare:	A Dieselmotor mit 288 PS, der treibt mi an.
Reporter:	Schon klar. Aber das meinte ich nicht, ich meinte, was bewegt dich dazu, am Morgen aufzustehen, aus dem Fenster zu schauen, den Neuschnee zu sehen, und sich dann auf den Weg zu machen. Was geht dir durch den Kopf, was denkst du dir?
Kare:	Also, es is im Prinzip aso: Wenns schneibt, dann raam i! Aaf deitsch gsagt! Des denk i mir, sonst eigentlich eher nix.

Reporter: Ach ja, sehr gut! Wenn es schneit, dann räumt er! Liebe Hörer, was für ein Satz! Da ist er konsequent, da gibt es kein Wenn und Aber – wenn es schneit, dann räumt er, unser Kare!

Kare: Genau! So und ned anders!

Reporter: Kommen wir zurück zu deinem Tagesablauf. Also, du bist jetzt rasiert, geduscht und fertig angezogen – dann geht's ab mit dem Schneepflug!

Kare: Naa, dann geht's ab mit dem Skoda! Mit dem fahr i zum Bauhof, weil durt steht da Schneepflug.

Reporter: Natürlich! Ich Dummerchen! Du hast ja den Schneepflug nicht bei dir zuhause, ist ja klar!

Kare: Der passert ja gar ned in mei Garage eine, nie und nimmer! Obwohl dass i a Doppelgarage hob. Owa woaßt ja, wias is: Do liegt a Haufa Glump drin – Fliesen, d'Radln vo de Kinder, lauter Glump!

Reporter: Schon klar. Und dann, im Bauhof, dann geht's los. Hinein ins Räumgerät und ab auf die Piste!

Kare: Ned aaf die Piste, des macht da Alis, mei Kollege! Der fahrt de Pistenraupe am Schilift! I raam ja aaf da Straß! Des waar ja da Wahnsinn, wenn i mit mein Schneepflug de Piste raama daad! Da Burgermoasta daad mi außeschmeißen, weil da waar ja de ganze Abfahrt im Arsch!

Reporter: Jaja, schon klar. Ich meinte ja nicht die Schipiste, sondern die Straße, ich wollte es nur etwas salopp ausdrücken. Sie wissen, was ich meine, liebe Hörerinnen und Hörer! Also Kare, dann geht's ab auf die Straße!

Kare: Naa, so schnell schiaßn d'Preißn ned!

Reporter: *Ungeduldig, leicht genervt:* Nicht? Was ist denn nun schon wieder?

Kare: Bevor dass i eisteig, kimmt des Wichtigste!

Reporter: Ach ja, natürlich, der Fahrzeugcheck! Sicherheit geht vor!

Kare: Naa, d'Stempeluhr! Zwecks de Überstunden! Weil normal fang i ja erst um halbe achte an. Und drum stempel i, weil des is dann da Beweis: Da Kare, der war scho bereits um sechse da!

Reporter: Genau! Das ist der Beweis! Kare, der zuverlässige Schneeräumer, der eiserne Kämpfer gegen Eis und Glätte, er war schon um sechs Uhr da! Gnadenlos!

Kare: Des stimmt! Des is a ewiger Kampf, des hört nie aaf! Obwohl dass i GERN raam, scho allaweil!

Reporter: Ach ja? War das bereits ein Kindheitstraum von dir? Wolltest du schon immer Schneepflugkapitän werden?

Kare: Des ned, zerst wollt i a Rockstar wern, so in Richtung Hansi Hinterseer. Owa des is dann nix worden, weil i bin ums Verrecka ned entdeckt worden. Obwohl i am Stammtisch oft und gern gsunga hob, „wir lagen vor Madagaskar“ und so Sachen, „Junge, komm bald wieder“, owa entdeckt hod mi koaner, des war des Problem! Is ja aa logisch, weil bei uns im Wirtshaus „Zur wilden Sau“ war ja nie a Produzent oder a Manager, nie! Bloß Landwirte, Metzger et cetera, manchmal da Kaplan. Do host du künstlerisch koa Chance ned, null!

Reporter: Das ist klar, da hat man keine Chance. *Sinniert kurz über den verpfuschten Lebenstraum von Kare nach, besinnt sich aber schnell wieder auf seine Aufgabe, einen Live-Bericht vom Schneepflugfahren zu liefern.* Ja gut, Kare, dann geht's also nach dem Stempeln los: Hinein in den Schneepflug und „raama daama“! Haha!

Kare: Genau! Dann geht's auf!

Reporter: Hast du eine feste Route?

Kare: *Irritiert:* Woooos??? Is des jetza a Schweinerei oder wos?

Reporter: Wie bitte? Schweinerei? Wieso Schweinerei?

Kare: Wegen der festen Rute! Wos is denn des für a Frage? Des geht doch koan wos o!

Reporter: *Überlegt kurz.* Neiiiin, um Gottes Willen! Neinnein, das hast du völlig falsch verstanden! Ich meinte, ob du nach Plan räumst, immer bestimmte Straßen in einer bestimmten Reihenfolge, so meinte ich das!

Kare: Jawohl! Genau! Zerst vom Bauhof auße, dann links. Weil rechts, do geht's aaf d'Bundesstraß, do bin i ned zuständig!

Reporter: Interessant! Du räumst also nicht alle Straßen, weil es da unterschiedliche Zuständigkeiten gibt?

Kare: Haargenau! I raam bloß de Gemeindestraßen. Owa do hamma jede Menge, jede, des sog i dir! Du raamst und raamst und raamst – und wenn du hinten fertig bist, liegt vorn scho wieder a Schnee! Des is gnadenlos manchmal, weil der Schnee kennt do keinen Pardon, der fallt einfach owa. *Kurz aggressiv, mit geballter Faust:* Scheiß Schnee! Da Deifl soll di holn!

Reporter: *Sentimental:* Der gnadenlose Schnee! Was für ein Satz aus dem Munde eines mutigen Kämpfers gegen die Elemente! Dann musst du immer wieder von vorne anfangen, weil der Schnee gnadenlos fällt und fällt!

Kare: Ned immer, owa es kimmt vor. I hob mir oft scho denkt: „Ja Mensch Meier", beziehungsweise „ja Mensch Petrus, hörts etza bald aaf mit dera Schneiberei?" Oft hob i mir des scho denkt, oft!

Reporter: Das kann ich mir vorstellen, Kare, das kann ich mir vorstellen! *Sieht auf seine Armbanduhr.* Jetzt ist es kurz vor neun Uhr und du bist schon fast drei Stunden unterwegs. Wie lange wirst du noch brauchen, bis du heute durch bist mit deiner Tour?

Kare: Des wird Nomiddo!

Reporter: Wie bitte?

Kare: Das wird Nachmittag! So umara drei wird's scho wern heit. Und du segstas ja selber: Es schneibt allaweil no wia d'Sau!

Reporter: Ja genau! Liebe Hörer, es schneit ohne Unterlass! Da ist jede Sekunde wertvoll, die Zeit drängt! Wir befinden uns jetzt wo, Kare?

Kare: In da Bahnhofstraße samma! Owa mir miassma jetza glei do links eine in die Postgasse, weil des is dringend!

Reporter: Dringend? Ist das eine Hauptverkehrsader?

Kare: Des ned, des is bloß aso a Gassl, a Gässlein. Owa in da Postgasse is de Metzgerei Killermann. Und do hol i mir etza dann a Brotzeit, weil da Killermann, der hod den besten Leberkaas weit und breit!

Reporter: Ach so! Das ist natürlich verständlich!

Kare: Weil i sog allaweil: „Liegt aa zwoa Medda hoch da Schnee – a Brotzeit, de muass immer geh!“ *Lacht.* Des is mei Ding, mei Lebenseinstellung!

Reporter: Haha! Sehr schön! *Sieht auf die Uhr.* Oh, ich seh gerade, unsere Sendezeit geht zu Ende! Dann bedanke ich mich sehr herzlich für dieses Interview! Liebe Hörer, ich hoffe, Kare und ich konnten Ihnen einen Eindruck vermitteln, wie hart und vielseitig der Beruf eines Schneepflugfahrers ist.

Kare: Ja wos? Hammas scho? Owa an Leberkaas isst scho no mit mir, oder?

Reporter: Nein, vielen Dank, Kare, aber ich muss weg, Termine, Termine! Hast du abschließend noch einen Tipp für unsere Hörer an diesem verschneiten Tag?

Kare: Bleibts dahoam!

Schock im Liftstüberl

Sepp: Und Kare, alles klar soweit?

Kare: Naja …

Sepp: Des klingt owa ned grad begeistert! Macht dir der viele Schnee zum schaffa? Strengt di des Raama aso o?

Kare: Des waars ned, raamt eh meistens mei Frau. Owa im Endeffekt hast scho recht, im Endeffekt is da Schnee schuld, dass i gestern direkt an Schock ghabt hob!

Sepp: An Schock? Wos für an Schock? Des muasst mir etza scho erklärn!

Kare: I war gestern beim Schifahrn, bei uns am Schilift, i hob ja bloß a Viertelstund mitm Auto, is ja ned weit.

Sepp: Ja und? Des is doch wos Scheens, wennma in unserm Alter no so fit is, dassma Schi fahrn konn!

Kare: Natürlich is des wos Scheens, es war ja aa schee! A wunderbarer Schnee, ned zu kalt und ned zu warm, koa Wind, alles optimal. Am Anfang!

Sepp: Und dann?

Kare: Dann fahr i des erste mal owe und steh unten am Schlepplift o, rutscht oane neba mi hi mit einer Wahnsinnsfigur!

Sepp: War dei Frau ned dabei?

Kare: Natürlich ned! Mei Hildegard fahrt doch ned Schi!

Sepp: Genau! Oläck, du ganz alloa! Wars a Blondine? Oder a Schwarze? Oder a rassige Roude? Sag, wos wars für oane?

Kare: Des hodma momentan ned gseng, weil sie hod ja an Helm aufghabt. Und a Schibrilln! Und an Schal! Man hod eigentlich nur de Figur gseng, owa de war super! Und etza kimmt da Hammer: I wollt eigentlich alloa auffefahrn, druckt sich de neba mi in den Schlepplift und mir fahrn zu zwoat auffe!

Sepp: Ehrlich? Du mit dem super Schihasen? Alle Ehre, Hut ab! Und? Wia war die Fahrt?

Kare: I hätt a Gespräch angfangt, owa de hod nix gsagt.

Sepp: Wia nix? Gar nix?

Kare: Gar nix! Sie hod bloß ab und zu freindlich hergschaut zu mir! Und sie hod sich ganz eng an mi hingschmiegt, während der ganzen Fahrt! Mir is ganz anders worden!

Sepp: Du, de hod sich in di verliebt, spontan! Des war so oane mit an Vaterkomplex! Du Duselbauer, du elendiger! Warum passiert mir sowos ned, zenalln?

Kare: Sei froh! Sei bloß froh!

Sepp: Wieso froh? Spinnst du oder wos? Vergönnst mir sowos ned, du Kameradenschwein?

Kare: Warts ab Sepp, warts ab! Auf jeden Fall hob i gmoant, des is a junge Tschechin oder so, weils nix gsagt hod. Und irgendwie war i gestern so …, so melancholisch.

Sepp: Melancholisch?

Kare: Ja, i wollt einfach amal wieder reden. Und dann hob i mir denkt. Etza is scho wurscht, de versteht mi ja eh ned! Und dann hob i gsagt zu ihr, wia schee des waar, wenn i aso a junge Freindin hätt und a so a scheene! „Nix gega mei Hildegard“, hob i gsagt, „owa zwischendurch aso a Leckerli wia Sie, des waar scho wos!“

Sepp: Oläck! Des host du gsagt zu ihr? Leckerli?

Kare: Ja, weils mir wurscht war, weil i hob ja gmoant, des is a Tschechin und de versteht mi ned.

Sepp: Und? Wia hods reagiert?

Kare: Wia gsagt – bloß ab und zu freindlich hergschaut zu mir und gnickt, mehr ned. Owa irgendwie hob i des Gfühl ghabt, dass sie mi versteht, rein menschlich!

Sepp: Meiii, schee! Des klingt direkt romantisch! Und, wia is weidaganga, erzähl!

Kare: Ja, i hob ihr no mords Komplimente gmacht und hob ihr gsagt, wia mi des gfreit, dass a aso a jungs Deandl mit mir alten Deppen so Orscherl an Orsch den Lift auffefahrt, lauter so Zeig hob i gred! Wia a verliebter Realschüler, im nachhinein wia a glatts Rindviech!

Sepp: Hundling, elendiger! Du hostas faustdick hinter de Ohren, faustdick!

Kare: Von wegen! A faustdicker Depp bin i!

Sepp: Ja, warum denn?

Kare: Wia mir oben ausgstiegen san ausm Lift, hob i no gsagt: „Also, Schi heil, Schatzerl" und bin owegfahrn.

Sepp: Schi heil Schatzerl – eam schau o! Hundling, elendiger! Du bist ja ärger wia da Ding, da Casanova!

Kare: Und etza kimmt da totale Wahnsinn: De is mir nachgfahrn! De is mir voll nachgfahrn! Mir san praktisch gemeinsam den Hang owegwedelt! I hob mi gfühlt wia aaf Wolke sieben, des derfst mir glauben!

Sepp: Des glaub i dir sofort, sofort glaub i dir des! Des is ned ungewöhnlich, des hörtma öfter, dass junge hübsche Deandln aaf ältere Herren stehn, des hörtma öfter! De suachan aso a Art Vaterfigur, an Beschützer quasi! De kinna mit Gleichaltrige nix ofanga, rein gar nix! Du Duselbauer, du verreckter!

Kare: Von wegen, etza pass aaf: Sie is mit mir owegfahrn bis zur Talstation. De is mir nicht von da Seite gewichen, voll anhänglich!

Sepp: Sog i doch: Duselbauer! Hundling, elendiger!

Kare: A Depp bin i, koa Hundling!

Sepp: Wieso nacha? Hostas sausen lassen? Bist ned am Ball blieben bei ihr? Do muasst doch du am Ball bleim, wenn aso a Superfrau dir so deutlich zoagt, dass sie di mog!

Kare: Des is ja des – i bin am Ball bliem! Wia mir ganz unten warn, hob i zu ihr gsagt: „Du und ich Jaagertee?“, weil i hob ja gmoant, des is a Tschechin, und hob auf des Liftstüberl gedeutet und sie hod gnickt. Und dann hamma de Schi owado und dann samma ins Liftstüberl eine. Und i hob sie sogar bei da Hand gnumma, wia a verliebter Teenager!

Sepp: Hundling! Du host allaweil des Glück vom Goaßpetern!

Kare: Und dann samma zu an Tisch ganz hinten im Eck ganga, der war frei! Der war echt ganz im Eck, direkt aso a Art Separee!

Sepp: Ja fix, warum passiert mir sowos nie? Warum triff i nie aso a Gschoss am Schilift? I triff immer bloß den Rudi oder den Mane oder di. Owa nie aso a Traumfrau, zenalln!

Kare: Sei froh, dass dir des ned passiert is, sei froh! Es war dermaßen peinlich, i derf gar ned drodenka!

Sepp: Peinlich? Wieso peinlich? Is dir oaner auskema oder wos?

Kare: Mir is doch koaner auskema! Sag amal, für wia alt haltst du mi? Naa, es war ganz wos anderes: Wia mir duatgsessen san, hob i zu ihr gsagt: „Etza derfst owa dein Helm und dei Schibrilln und dein Schal vorm Mund owadua, weil da herin is ned kalt und Sturzgefahr besteht aa koane!“ Und weil i gmoant hob, dass mi ned versteht, hob ihr ganz sanft den Schal owagwickelt und sie hod gleichzeitig den Helm owado und de Schibrilln und dann hob i de erst in echt gsehn, vom Gsicht her. Und dann hob i denkt, mi trifft da Schlog!

Sepp: Warum, wars so greislich?

Kare: Naa, greislich wars überhaupt ned!

Sepp: Wos wars nacha dann?

Kare: Mei Tochter wars! De war aa beim Schifahrn, owa des hob i ned gwisst! Und sie hod mi de ganze Zeit zum Narren ghalten!

Sepp: Ja mi host ghaut, des derf doch ned wahr sei! Is des peinlich! Also do wissert i fei nimmer, wos i sagen soll. Wos host denn gsagt zu ihr?

Kare: Sog bloß da Mama nix!

Adventlicher Spieleabend

Vater: *Grantig:* Mensch Meier, Kurti, des gibt's doch ned! Seit zwoa Stund hockst jetza du scho vor dem blädn Computer! Jetza langts dann, schalt aus des Drumm!

Kurti: *Reagiert nicht, da er komplett in sein Computerspiel vertieft ist.* Und peng! Ach Mensch, hodan scho wieder ghaltn, der Depp!

Vater: Kuuuurti!! Sag amal, du bist ja direkt paralsyl ... parisaly ... pyralis ... also ganz weg bist du mit dem Computer! Wos soll bloß aus dera Menschheit werden, wenn de ganzen junga Leit total verblöden! „Und peng", des is alles, wos dir eifallt! Etza hör endlich auf mit dem Schmarrn! *Scharf:* Kurti!!

Kurti: *Schreckt hoch.* Ha?

Mutter: Da Papa hod gsagt, du sollst endlich mit dem Computerspieln aafhörn! In vier Dog is Weihnachten!

Kurti: Ja und? Wenn i ned spiel, is aa in vier Dog Weihnachten!

Mutter: Aafhörn sollst und aus!

Kurti: Owa i führ grad 3:1 gega Liverpool! I bin Bayern!

Vater: Des is doch mir wurscht, aafhörn sollst und aus! Des is doch a Schmarrn, des elektrische Fußballspieln! Setz di her zu uns, etza machma a Spiel, mir drei!

Kurti: I mach ja scho a Spiel – gega Liverpool!

Mutter: Sei ned allaweil so frech! Da setz di her zu uns und dann machma a Spiel! Des war früher immer so im Advent, dass man an Spieleabend gmacht hat in der Familie, wenns draußen gstürmt hat und gschneit!

Kurti: *Spielt immer noch gegen Liverpool.* Owa es stürmt ja ned draußen, und schneim duats aa ned. Es hod 15 Grad plus und es nieselt.

Vater: *In militärischem Befehlston:* Des is wurscht, keine Diskussion! Es wird aa gspielt, wenns nieselt! Heit is da 20. Dezember und heit is a Adventsstimmung und a Spieleabend und aus! Und d'Mama hod vollkommen recht! Früher, do isma immer im Familienkreis zammgsessn und hod Spiele gmacht. Und des duama mir etza aa, aus die Maus! Schalt sofort den Computer aus und setz di her! *Zur Mutter:* Renate, hol de Spielesammlung ausm Wohnzimmerschrank!

Kurti schaltet sein Champion-League-Spiel auf PAUSE und schlurft missmutig an den Tisch, Mutter holt die Spielesammlung und setzt sich zwischen Ehemann und Sohn.

Kurti: *Provozierend:* Und wos spielma dann für an Schmarrn?

Vater: Sei ned so frech, sunst schepperts! A Schmarrn is höchtens dei Computerglump! De alten Gesellschafts- und Geschicklichkeitsspiele san koa Schmarrn, dassdas woaßt! Die schulen das logische Denken und fördern das soziale Verhalten, dassma a vernünftige Frustrationstoleranz hod!

Kurti: Dassma wos hod?

Mutter: Das man sich ned glei über jede Kleinigkeit aafregt, des moant da Papa! Gell, Karl-Heinz?

Vater: Haargenau! Dassma lernt: Man muass ned immer gwinna, man konn aa amal verliern. So is im Spiel und so is im Leben! Und drum spielma jetza, dass du des aa lernst.

Kurti: *Abfällig:* Pfff! So ein Kaas!

Vater: *Gibt ihm einen leichten Klaps auf den Hinterkopf.* Des is koa Kaas, des is eine Vorbereitung auf das wahre Leben, du Hirsch!

Mutter: *Tadelnd:* Karl-Heinz! Sag halt ned allaweil „Hirsch" zum Kurti! Wia soll er denn an feinen Charakter entwickeln, wenn du so ordinär zu eam bist!

Kurti: Genau, Papa! *Spöttisch:* Do werd i nie a feiner Charakter!

Vater: *Mit drohendem Blick:* Reiß di bloß zamm, Bürscherl! Wenn du moanst, du host an Deppen vor dir, dann bist bei mir genau richtig, des sog i dir!

Kurti: Eben! *Ungeduldig:* Also, wos spielma etza?

Vater: Etza spiel i zerst mit deiner Mama a Partie Mühle!

Kurti: Dann konn i ja derweil no gega Liverpool …

Vater: Bleib sitzen, owa sofort! Du schaust uns zua, dassdas lernst! Learning by looking, wia da Engländer sagt! Des hoaßt Zuaschaun und lerna!

Kurti: Owa Mühle konn i doch scho.

Vater: Jaaa, de Grundregeln! Owa de Feinheiten, de taktische Raffinesse, de lernt man nur durch Zuaschaun! *Baut während seiner belehrenden Worte das Mühlespielbrett auf.* Segst, so schaut des Mühlespielfeld aus! Und jeder hod 9 Steine und oaner hod de weißen und da ander de schwarzen. Und dann muassma allaweil versuacha, dassma drei von da gleichen Farbe ...

Mutter: *Unterbricht ihn:* Des woass doch da Kurti, Karl-Heinz! Mir hamm doch scho früher mit eam Mühle gspielt.

Vater: Scho klar, owa a Kind vergisst wahnsinnig schnell! I wollt des bloß auffrischen. Hastas verstanden, Kurti? Vom System her moane!

Kurti: *Gelangweilt:* Jaja, hobs scho gschnallt! Wennma a Mühle hod, derfma vom andern oan schmeissen. I bin doch ned bläd!

Vater: Genau! Und dann gibt's no die sogenannte Fieselmühle! Des is dann der Fall, wenn ...

Kurti: Papa! I woaß, wos a Fieselmühle is! Etza fangts o, dassma fertig wern!

Vater und Mutter spielen eine Partie Mühle, Kurti schaut gelangweilt zu. Der Vater freut sich jedesmal fast kindlich, wenn er auf hinterlistige Weise eine Mühle geschafft hat und einen Stein der Mutter schmeißen darf. Bei jedem Schmeißvorgang sagt er zu Kurti: „Segstas, so machtma des!" Kurti antwortet ironisch: „Super Papa! Du bist a Mühlegott!". Der Vater durchschaut die Ironie des Sohnes nicht und freut sich über das vermeintliche Kompliment.

Vater: So Renate, etza host bloß no drei Stoana, etza derfst hupfa! *Listig:* Und? Wo hupfst hi?

Mutter: *Beobachtet die Lage und merkt schnell, dass diese hoffnungslos ist.* I hob ja koa Chance ned. Du host zwoa Mühlen offen und egal, wo i hihupf, i hab verloren.

Vater: *Stolz und neunmalklug:* So ist es, liebe Renate! So spielt man in Venedig im Blauen Affen!

Kurti: Wo?

Vater: Des is aso a Sprichwort, des sagtma so.

Kurti: So a Schmarrn, – Venedig und Blauer Aff –, so a Schmarrn!

Vater: Des is etza sekundär. Aaf jeden Fall muasst du bei Mühle allaweil mindestens drei Züge vorausdenka, wia beim Schach oder beim königlichen Spiel Schafkopf! Dann hod da Gegner koa Chance mehr!

Renate: *Anerkennend:* A Hund bist scho, Karl-Heinz!

Vater: Gell! Und, Kurti? Traust du dir scho zua, gegen mi a Match zu macha? Oder willst liaber no oans zuaschaun? Schaust liaber no oans zua, ha? Sicher is sicher!

Kurti: Nix da, machma a Spielchen!

Vater: Owa i sogs dir fei glei: Reg di ned aaf, wennst verlierst. Dass i a Profi bin und du ned, do konn i nix dafür! Owa es is koa Schande, gega an Profi zu verliern! Im Gegenteil, des is ja da Sinn vom Spiel: Lernen, mit Anstand und Würde zu verlieren, des is da Sinn. Grad jetza in da Adventszeit sollte der Mensch a harmonische Grundeinstellung haben, rein nervlich! Und drum: Tue dich ned hinab, wennst verlierst! Denk dran, es ist noch kein Meister vom Himmel gefallen! Weil wenn du gegen mi Mühle spielst, des is, wia wenn da FC Pfuideifling gegen den FC Bayern Fußball spieln daadert! Do hätt da FC Pfuideifling null Chance! Owa es ist eine Ehre für den FC Pfuideifling, gegen Bayern München zu spieln! Des is des! Also, Kurti, ...

Kurti: *Unterbricht ihn genervt:* Papaaa, i woaß Bescheid! I als FC Pfuideifling daad sagen: Fangma jetza endlich o!

Vater: I moan bloß! Also guat, fangma o. I setz als erster, weil i hob weiß!

Beide setzen jeweils ihre Steine, ohne dass einem der beiden eine Mühle gelingt. Allein das verwundert den Vater einigermaßen, da er davon ausgegangen ist, dass sein Sohn das Spiel innerhalb kürzester Zeit verliert. Noch größer ist allerdings seine Verwunderung, als er alle seine Steine gesetzt hat und den ersten Zug machen will, aber nicht kann. Seine kompletten weißen Steine sind durch die schwarzen Steine des Sohnes blockiert, Kurti hat ihn „eingesperrt", wie es beim Mühlespiel heißt.

Kurti: *Höhnisch:* Papa, etza geh, du bist dran! Mach dein ersten Zug!

Vater: *Betrachtet nochmals ungläubig die Spielsituation.* I konn ned! Des gibt's doch ned, dass i ned konn!

Kurti: *Listig:* Warum ned? Duat dir d'Hand weh oder wos?

Vater: *Konsterniert:* D'Hand weh! So ein Schmarrn! Mir duat doch d'Hand ned weh, eigsperrt bini, i bin komplett eigsperrt! Du hast mi mit deine blädn schwarzen Stoana eigsperrt! I konn ned einen Zug macha, unmöglich!

Kurti: *Betrachtet grinsend das Spielbrett.* Echt? Tatsächlich! Ja, gibt's des aa! Du kannst koan Zug macha, du bist komplett blockiert!

Vater: *Aggressiver:* Sog i doch, du Depp!

Renate: *Schockiert:* Karl-Heinz!

Vater: *Noch aggressiver und frustriert:* Weil er so saudumm daherred! Sperrt mi ei und red dann no so saudumm daher! *Äfft Kurti nach:* „Ja gibt's des aa! Du bist komplett blockiert!" So an blöden Kommentar konnst dir sparen!

Kurti: *Mitleidig den Kopf schüttelnd:* Wos alles gibt, ha! *Zur Mutter:* Mama, wie wird nacha des gewertet, wenn oana eigsperrt is?

Mutter: Dann hast du gwonnen, wenn da Papa koan Zug mehr macha kann, des is doch klar! Des is die Regel!

Vater: *Äfft sie grantig nach:* Des is die Regel! Des is die Regel! Des woaß i aa, dass des die Regel is! Glaubst du, i bin bläd oder wos? Dusel war des, sunst gar nix! A saublöder Zufall! A blindes Korn findet aa amal a Huhn!

Sohn: Umkehrt! Des Huhn war blind, ned des Korn!

Vater: *Immer genervter:* Dankschön für die Belehrung, Herr Professor, vielen Dank! Jetza machma sofort noml a Partie, weil des war a einmaliger Zufall! Und jetza fangst du o mit dem Setzen, jetza nimmst du de weißen! Auf geht's!

Kurti fängt an, der Vater setzt immer sehr schnell und verbissen nach, und zwar so, dass er Kurti möglichst blockiert. Sein Ziel ist es, seinem Sohn die gleiche Demütigung zukommen zu lassen, die er durch den Sohn erleiden musste. In seinem blinden Eifer übersieht er, dass Kurti ihm eine Falle gestellt hat und zu einer Mühle kommt. Das Spiel ist deshalb schnell zu Gunsten des Sohnes entschieden.

Mutter: *Leicht vorwurfsvoll:* Etza hast scho wieder verlorn, Karl-Heinz! Sag amal! Du hast doch gsagt, dass du a Profi bist!

Vater: *Extrem grantig:* A geh! Ehrlich? Hab i scho wieder verlorn? Danke für den Hinweis, Renate, vielen Dank! Des hätt i jetza selber gar ned gmerkt, dass i scho wieder verlorn hab! Der Hundskrippl hat einen Dusel, des is nimmer normal, unglaublich is des! *Zu Kurti:* Normal hättst du gegen mi keine Chance, null komma null! Owa du hast einen Dusel, des is nicht zu fassen! I habs scho allaweil gsagt: Das Glück ist ein Rindviech und sucht sich seinesgleichen!

Mutter: *Schockiert:* Karl-Heinz! Etza reiß di zamm!

Kurti: Owa Papa, wos hoaßt do Dusel? Du sagst doch immer, dass Mühle a Intelligenzspiel is und koa Glücksspiel!

Vater: *Außer sich:* Etza brauchst bloß no sagen, dass i bläd bin! Des brauchst jetza bloß no sagen! Solang du deine Fiaß unter mein Tisch hast, brauchst du mi koan Deppen ned hoaßn, Bürscherl! Ja, wo samma denn! Daad der Fratz mi als Idioten abstempeln! Dass i dir ned glei oane batz!

Mutter: Karl-Heinz! Etza reg di halt ned aso aaf! Kimm owa! Schrei doch ned so umananda! Im Advent!

Vater: Scheiß Advent!

Mutter: *Sehr scharf:* Karl-Heinz! Also bitte!

Vater: Des is doch zum Kotzen, wos der Mensch für an Dusel hod, zum Speim is des, zefix! Hockt sich do her, will mit mir Mühle spielen …

Kurti: Du wolltst!

Vater: Des is etza vollkommen wurscht! Aaf jeden Fall hast du des Glück vom Goaßpetern! Unfassbar is des!

Sohn: *Süffisant:* Spielma no a Partie?

Vater: Nix da! Wenn die Intelligenz aaf Dusel trifft, dann ziagt sie immer den Kürzeren! Des is zwar traurig, aber wahr. Mühle spiel i mit dir nimmer, des kannst vergessen!

Mutter: *Besänftigend:* Dann spielma jetza „Mensch ärgere dich nicht“, weil des beruhigt uns wieder, des is a lustiges Spiel. I baus glei auf: Da Papa kriagt Grün, da Kurti Gelb, und i nimm de roten Männlein!

Vater: *Wieder etwas ruhiger:* Ok. Spielma „Mensch ärgere dich nicht!“ *Belehrend und neunmalklug, mit erhobenem rechten*

Zeigefinger: Kurti, des is auf den ersten Blick ein reines Glücksspiel, aber: Aa hier is eine gewisse Taktik angebracht!

Kurti: Ehrlich? Do is doch bloß wichtig, dassma möglichst viel Sechser hat, oder?

Vater: Tjaaaa, vordergründig! Vordergründig scho! Owa ohne Taktik hilft dir a Sechser rein gar nix!

Mutter: Etza red ned so gschwolln daher, Karl-Heinz! Fang einfach o! I würfel als erste ... *würfelt dreimal* ... koan Sechser, hm. Kurti, etza du!

Auch Kurti erzielt keinen Sechser, was er mit einem emotionslosen Schulterzucken zur Kenntnis nimmt. Anschließend würfelt der Vater und siehe da, bereits der erste Wurf ist ein Sechser!

Vater: *Mit hämischem Grinsen:* Hähähä! Segstas Kurti, des is halt mei Taktik! Sofort mit an Sechser ofanga, volle Attacke, auf in den Kampf! Dann hatma scho mal an Vorsprung! *Würfelt nochmal und hat schon wieder einen Sechser, was sein hämisches und herablassendes Grinsen noch verstärkt.* Und ab geht's mit Karacho! *Zieht mit seinem grünen Männlein einsam und (vorerst) ungefährdet seine Kreise und fragt dann süffisant:* Äh, bloß a Frage – duats ihr zwoa aa mit?

Mutter: Sehr lustig! Hochmut kommt vor dem Fall! So, jetza probiers i noml! *Würfelt einen Sechser und anschließend einen Einser, was dazu führt, dass sie den grünen Stein des Vaters schmeißt und dass sie dann höhnisch zum Vater sagt:* Ja, i dua aa mit!

Kurti: Cool, Mama!

Vater: *Noch sehr gefasst:* Des is ned cool, des is reiner Dusel! *Zur Mutter:* Weil normal is des ned, dass du akkrat jetza an Sechser hast und an Oanser! Akkrat, wo i aaf dem Feld steh! Des is reines Glück bzw. bei mir Pech! Owa es hoaßt ja „Mensch ärgere dich nicht“, noch ist nicht aller Tage Abend! Kurti, du bist dran!

Kurti würfelt ebenfalls einen Sechser, dann einen Einser. Die Mutter würfelt Sechs und dann Drei und hat jetzt schon zwei ihrer roten Männlein im Spiel.

Vater: Nicht schlecht, Herr Specht! So, etza i! *Würfelt einen Sechser, dann die Eins.* Und scho samma wieder im Spiel!

Kurti: *Zum Vater:* So, etza an Vierer, dann bist wieder weg vom Fenster!

Vater: Draam weida! So viel Dusel gibt's ned! Des waar ja wia a Lottosechser, wenn du akkrat jetza an Vierer hättst.

Kurti: Wissen konnmas nie! *Würfelt eine Vier und schmeißt das einsame grüne Männlein des Vaters abermals.*

Vater: *Erzürnt:* Ja Himmelherrgottseiten! Bluat von der Sau! Des gibt's doch ned! Etza habts mi zwoamal hintereinander gschmissn! Wos is denn heit los, verdammt?

Mutter: *Mild lächelnd:* Mensch ärgere dich nicht, Schatzili!

Vater: *Äfft sie grantig nach:* Schatzili, Schatzili! Do vergeht dir des Schatzili, wennst überhaupt koa Chance ned host, weilst gega zwoa notorische Duselbauern spielst! Ihr würfelts immer genau de Zahl, de ihr brauchts, dass ihr mi schmeißen kinnts! Des is doch blanke Absicht! Und des im Advent! Ihr seids schlechte Christen, ganz schlechte!

Mutter: Sag amal, spinnst du? Man kann doch ned absichtlich a bestimmte Zahl würfeln!

Vater: *Auf Kurti deutend:* Der scho! Des is a ganz a hinterhältiger Spieler! Mit so oan solltma gar ned spieln! Der duat immer so unschuldig, derweil is er voller List und Tücke!

Kurti: Owa mei Vierer war doch ned absichtlich! Des hätt genau so guat a Dreier werden könna! Oder a Fünfer!

Vater: *Hysterisch schreiend:* Es war owa a Vierer, verdammt! Es war koa Dreier und es war koa Fünfer! A Drecksvierer wars!

Mutter: Karl-Heinz! Reiß di zamm, es is Advent! Und wir wollten an adventlichen Spieleabend macha.

Vater: *Außer sich:* Advent! Do pfeif i drauf! Der Advent konn mir den Bugl owerutschn, inklusive sein blädn Spieleabend! Do vergeht dir alles, wenn dir des Pech an de Händ' pickt wia de Hundekacke an da Schuahsohln! Wennma allaweil bloß verliert, dann machts koan Spaß! Wennst allaweil da Depp bist, des zermürbt, Advent hi oder her!

Mutter: Also wennst du so grantig bist, dann mag i aa nimmer spielen!

Kurti: Ihr seids guat! Zuerst wollts unbedingt an adventlichen Spieleabend macha und etza? Etza migts nimmer! Wos soll denn dann i jetza macha?

Vater: Wia steht dei Computerspiel gega Liverpool?

Kurti: 3:1 für mi!

Vater: Dann spiel weida und schau, dass du gwinnst! Owa bei deinem Dusel is des eh koa Problem!

Weihnachtsspeisen

Sepp: Alle Johr des Gleiche: Wos essma am Heiligen Abend?

Kare: Des is bei uns koa Problem, weil d'Auswahl is groß. Gans – Würscht – Fisch – Döner – Pizza – Fondue – Eis.

Sepp: Do host aa wieder recht! Und zwecks der Abwechslung essts alle Johr wos anders.

Kare: Naa, mir essen alle Johr des alles! D'Abwechslung is de Reihenfolge. Heier fangma mitm Fondue o als Vorspeis! Und's Dessert is heier da Döner!

Sepp: Oläck! Wird dir do ned schlecht?

Kare: Mir ned, owa dem, der in da Christmettn vor mir sitzt!

Toller Wunsch

Kare:	Ha, wia de Zeit vergeht!
Sepp:	Man kimmt kaam mehr mit!
Kare:	Owa ehrlich! In sechs Dog is scho wieder Weihnachten!
Sepp:	Ja eben! War doch erst letzts Jahr!
Kare:	Genau! Und? Alles vorbereitet? Gschenke kafft?
Sepp:	Jaja, alles erledigt! Da Bua kriagt a Handy und d'Tochter a Kriegsbemalungsausrüstung.
Kare:	A Kriegsbemalungsaurüstung? Wos is nacha des?
Sepp:	A Schminkkofferl!
Kare:	Achso! Und d'Frau? Wos kriagt de?
Sepp:	Nix!
Kare:	Nix? Bist sauer aaf sie oder wos?
Sepp:	Überhaupt ned, im Gegenteil! Owa de will nix!
Kare:	Ehrlich?
Sepp:	Wennes dir sog! I hobs ja extra gfragt! „Renate", hob i gsagt zu ihr, „Renate, wos magst du heier zu Weihnachten?" Dann sagt sie: „Sepp, wenn i ganz ehrlich bin: Nix waar mir lieber als a Schmuck!" Und drum kriagts Nix!

Man kann nichts dafür, wenn man jünger und kleiner ist als andere, denn den Zeitpunkt seiner eigenen Geburt kann man nicht beeinflussen. Blöd ist bloß, dass einen die größeren, die schon früher geboren sind, oft ärgern bzw. tratzen, wie man hierzulande sagt. Aber es gibt auch kleine Buben, die wissen sich zu helfen. Der Josef ist so einer und deshalb wurde es für ihn am Schilift trotz der Sticheleien einiger größerer Buben

Ein schöner Wintertag

Ich heiße Josef, aber alle sagen Sepperl zu mir. Bloß Mama nicht, die sagt Spatz, wenn ich brav bin, und Hunzkrippl, wenn nicht. Aber das ist jetzt wurscht, denn darum geht es nicht.
Am Samstag war ich beim Schifahren, obwohl ich es nicht recht gut kann, aber trotzdem gefällt es mir, und mein Opa sagt, das ist die Hauptsache. Und darum hat er mich um elfe mit dem Auto zum Schilift hingefahren, das dauert von daheim aus nur zehn Minuten und er hat gesagt, umara drei holt er mich wieder. „Gib fei acht, dass du dir nix obrichst!", hat er gesagt und dann hat er noch gesagt, ich soll mir nix gefallen lassen, weil ich klein bin und die größeren Buben mich vielleicht tratzen wollen. „Aber dir fällt schon was ein", hat er gesagt, „weil du bist zwar erst acht Jahre alt, aber schon hübsch ein Hunzkrippl!" Dann hat er gelacht und dann hat er mir noch eine Liftkarte für zehn Fahrten gekauft und dann ist er heimgefahren.
Ich bin gleich zum Lift hin und habe mich angestellt und ein großer Bub ist mit mir hinaufgefahren, der war schon mindestens vierzehn, eventuell fünfzehn. Obwohl er einen Helm aufhatte und eine Schibrille, hat man gleich gesehen, dass es ein Depp ist!
Wie wir hinauffuhren, hat er mich geschimpft, weil ich so klein bin und er hat gesagt, dass ihm alles weh tut beim Liftfahren, weil ich gegen ihn ein Gnom bin und er sich voll hinunterbuckeln muss, dass es sich ausgleicht und es uns nicht aus dem Lift heraushaut. Ich weiß nicht genau, was ein Gnom ist, aber bestimmt nichts Gescheites. Ich habe nichts gesagt, weil er größer war, aber ich habe nachgedacht und mir ist etwas eingefallen!
Als wir ganz oben waren, sind wir aus dem Lift heraus und er war ganz schief vom Liftfahren, vom Liftfahren eigentlich nicht, sondern vom

Hinunterbuckeln. Mei, selber schuld, er hätte ja nicht mit mir hinauffahren brauchen, aber er tat es. Und Gnom hätte er nicht sagen brauchen zu mir.

Er hat sich gedehnt und gestreckt, dass er wieder gerade wird, denn ein schiefer Mensch kann nicht schifahren und wenn, dann nicht gut. Ich habe einen Mann gesehen, der ist auch gerade aus dem Lift heraus und wollte hinunterfahren und der hat so ähnlich ausgeschaut wie Conan, der Barbar. Er war vom Typ her ein Zweier: Zwei Meter groß und zwei Zentner schwer. Zu dem bin ich hin und dann habe ich zu ihm gesagt: „Bloß dass du es weißt, der wo sich dort drüben so dehnt und streckt, der hat gesagt, dass du ein typischer Depp bist! Überall Muskeln und nirgends ein Hirn!"

Dann bin ich ganz langsam weitergefahren, damit ich sehe, was passiert – und ich habe es gesehen! Der Barbar ist zu dem schiefen Bub hingefahren. Dieser war schon fast wieder gerade vom Dehnen und Strecken, aber der Barbar hat ihm so eine geschmiert, dass er gleich wieder schief war und er hat total blöd geschaut, weil er nicht wusste, wieso. Da war ich beruhigt und bin hinuntergefahren. Wenn er nicht Gnom zu mir gesagt hätte, hätte er den Barbar nie kennengelernt, jetzt kennt er ihn – selber schuld!

Ich bin dann noch viermal hinauf- und hinuntergefahren und keiner hat mich gestört oder etwas Blödes zu mir gesagt und es war sehr schön, fast schon langweilig.

Aber bei meiner sechsten Fahrt war wieder etwas: Hinunterzu musste ich immer im Schneepflug fahren, weil es war recht steil und ich kann ja nicht sehr gut schifahren und ohne Schneepflug hätte es mich geworfen. Plötzlich hörte ich hinter mir jemanden schreien und der schrie: „Aus dem Weg, du Kriechtier! Schau, dass du weidakimmst und halt ned den ganzen Betrieb auf! Bist du a Schneck oder was?" Vor lauter Schreck über den Schneck warf es mich und wie ich dortlag, sah ich vier junge Burschen vorbeifahren und sie lachten wie noch was. Einer rief: „Ja verreck, a weißer Schneck!"

Das hat mir mords gestunken und ich hatte einen Zorn auf die Deppen. Ich dachte mir, wenn es passt, dann tue ich ihnen etwas an, was sie ärgert. Auf der Fahrt fiel mir ein, was das sein könnte.

Als ich ganz unten war an der Talstation, sah ich sie wieder, aber sie mich nicht. Sie schnallten ihre Schi ab und steckten sie in den Schnee und die Schistecken auch. Dann gingen sie in das Liftstüberl, denn da gibt es Wienerln und einen Glühwein und ein Klo. „Etza wird getrunken und geschifft, dann geht es wieder an den Lift!“, schrie einer und die anderen lachten und sagten: „Kevin, du bist zwar nicht ganz dicht, aber trotzdem direkt ein Dichter!“ Ich dachte mir: „Das werden wir dann schon sehen!“

Als sie im Liftstüberl drinnen waren, hab ich meine Schi auch abgeschnallt und bin zu ihren Schiern hin und habe von jedem einen Schi weggetan und auf der hinteren Seite vom Liftstüberl, wo man nicht hinsieht, in den Schnee gesteckt und einen Stecken auch. Ich dachte mir, mit einem Schi sind sie auf jeden Fall langsamer als ich mit zweien und dann sind sie der Schneck und nicht ich!

Ich bin dann wieder auf die vordere Seite vom Liftstüberl gegangen und habe gelurt, bis die vier Deppen wieder herausgekommen sind. Es hat mindestens eine Viertelstunde gedauert, aber auf vier blöde Gesichter eine Viertelstunde warten, das ist es wert.

Wie sie herausgekommen sind, haben sie noch gelacht und einer hat gesagt: „Zwoamal no voll Schuss, dann machma für heit Schluss!“ und die anderen drei Deppen haben gesagt: „Yeahhh!“

Ich habe mir gedacht, das wird nix mit zweimal Schuss, nicht einmal einmal, weil mit einem Schi und einem Stecker geht Schuß ganz schlecht und wenn, dann geht der Schuß nach hinten los.

Dann wurde es richtig lustig, denn dann haben sie es gespannt, dass ebbs nicht stimmt! Zuerst hat es der dickste von allen gespannt. Er sagte: „Hä, wos geht'n do ab? I glaub, mei Schwein pfeift! Bei mir is bloß oa Schi und oa Stecker da! Shit!“

Die anderen lachten, aber bloß ganz kurz, denn sie merkten sehr schnell, dass ihr Schwein auch pfiff! Sie waren ganz auseinander und suchten wie die Wilden die zweite Hälfte von ihrem Zeug, aber sie fanden sie nicht. Ich hätte ihnen helfen können, aber ich tat es nicht, weil sonst hätten sie mich wahrscheinlich erschlagen mit dem übergebliebenen Schistecker, mindestens hätten sie mich grün und blau gehaut oder lila!

Total lustig wurde es, als sie anfingen, zu streiten! Einer sagte: „Männer von Galiläa“, da wohnen sie wahrscheinlich, „wir müssen die Polizei anrufen, weil das ist Diebstahl! Irgendwer hat uns einen Schi gestohlen und einen Stecker!“

Dann haben die anderen drei gesagt: „Also Veit-Ole, bist du bloß bläd oder wos? Die hat doch niemand gestohlen! Warum soll oaner einen Schi stehlen und einen Stecker? Des is doch total sinnlos!"
Aber Veit-Ole gab nicht nach und sagte: „Jaaaha, momentan schon! Aber wenn er morgen zum Beispiel den anderen Schi stiehlt und den anderen Stecker, dann hat er alles komplett!" Obwohl ich erst acht Jahre alt bin, bin ich schlauer als Veit-Ole! Denn wie soll ein Dieb wissen, wo der andere Schi am nächsten Tag ist. Der weiß ja gar nicht, wem der Schi gehört und wo der wohnt. Und zum Schilift herauf wird der Bestohlene mit einem Schi auch nimmer kommen, weil es ein Schmarrn wäre. Einer von den anderen drei hat Veit-Ole mit der Hand auf das Hirn gehaut und gesagt: „Du hast deinen Quadratschädel auch bloß auf, dass es dir ned in den Hals hineinregnet!"
Dann haben sie weitergesucht, aber nichts gefunden. Darauf, dass sie hinter dem Liftstüberl schauen, sind sie nicht gekommen. Und da geht man auch nicht gerne hin, weil da immer die Männer zum Bieseln hingehen, weil im Liftstüberl ist nur ein kleines Klo und darum ist der Schnee auf der Vorderseite vom Liftstüberl weiß und hinten oft gelblich.
Dann sagte einer von ihnen zu einem anderen von ihnen: „Hä Gürsül, wos moinst du, wou sans, de Schi?" Darauf sprach Gürsül: „Ey Mann, ischglaub, dass da etwas nich stimmen tut, da is was voll faul, Mann, ischschwör!"
Veit-Ole sagte zu ihm: „Also Gürsül, du bist echt a Schnellmerker, Hut ab! Des hätt i ned glaubt, dass do ebbs ned stimmt!"
Das passte Gürsül gar nicht recht, denn er sagte zu Veit-Ole: „Ey Mann, reiß dir bloß zusamm, ey, isch hau dir gleich in de Fresse, du Assi! Das schwör isch disch!"
Es war so lustig und alle Leute hatten eine Gaudi, bloß die vier Deppen nicht. Ich war ganz stolz, weil ohne mich wäre keine Gaudi gewesen! Auf einmal kam mein Opa daher und ich war baff, dass es auf der Uhr schon so viel war. Er fragte „Was ist denn hier für ein Gschroa?" und ich sagte „Ach, nix Wichtiges, das sind nur vier Deppen, die ihre Schi nimmer finden!"
„Ja, wie gibt's denn das?" fragte Opa und ich sagte „Das ist mir auch ein Rätsel, weil ein Schi kann doch ned einfach so verschwinden!"

„Naja, uns kann es ja wurscht sein!“, lachte Opa, „jetzt komm, ich fahr dich heim! War sonst noch was?“ „Nein“, antwortete ich, „alles war normal, direkt langweilig!“
Das mit dem dicken Barbar und dass ich die Schi versteckt habe, habe ich ihm nicht erzählt. Das braucht es auch nicht, weil mein Opa weiß eh, dass ich ein Hunzkrippl bin!

Der wahre Grund

Kare: Gestern is am Radio kema, dassma Obacht geben soll zwecks dem Wintereinbruch in da Nacht! Nacha hods fünf Zentimeter gschneibt! Fünf Zentimeter! Und des hoaßt dann Wintereinbruch, dassi ned lach! Des is doch koa Wintereinbruch, des is a Witz!

Sepp: Des stimmt, Kare, des stimmt! Des san doch koane Winter mehr heitzudogs! Des ganze Klima! Des is doch koa Klima mehr!

Kare: Owa ehrlich! I konn mi no guat erinnern: Do hods Winter geben, do is mir da Schnee bis zu da Hüftn ganga, mindestens! Solcherne Winter hods do no geben! Und heit? Heit wenn dir da Schnee no bis zu de Wadl geht, dann muasst scho froh sei! Des is des Klima!

Rudi: Noja, i woaß fei ned!

Kare: Wos woaßt ned?

Rudi: Moanst ned, dass des an andern Grund hod?

Kare: An andern Grund? Wos nacha für an andern Grund?

Rudi: Weil du damals 1 Meter 20 groß warst und etza an Meter 80! Und drum san deine Wadl etza weiter om.

Kare: Des konn natürlich aa da Grund sei!

Sepp: Theoretisch!

Der gefährliche Christbaum

Kare: Servus Sepp! Mei Frau …

Sepp: Etza kimm z'erst amal eina und bleib bei dem Sauweda ned an da Haustür steh!

Kare: Mersse! *Betritt das Haus und geht mit Kare in dessen Wohnzimmer.* Sepp, mei Frau schickt mi! Daaderst du dei Frau fragen, ob sie an Vanillezucker im Haus hod? Weil d'Hildegard will Vanillekipferl bacha und mir hamm kein Gramm Vanillezucker mehr, und d'Gschäfte hamm ja scho zua. Akkrat etza muass mei Madam natürlich Vanillekipferl bacha, typisch!

Sepp: Mei, woaßt ja, wias san, unsere Madammen! A Frau wenn sich wos eibild, dann host du koa Chance ned! Wart a weng, sie is grad im Bügelzimmer.

Kare: Wos machts nacha?

Sepp: An Schweinshaxen grillts!

Kare: *Verblüfft:* Ehrlich? An Schweinshaxn? Im Bügelzimmer?

Sepp: Natürlich ned! Bügeln duats, Depp!

Kare: *Schüttelt, beschämt wegen seiner blöden Frage, den Kopf.* Natürlich! Wos denn sunst! I bin scho ganz bläd mit dem ganzen Weihnachtsrummel!

Sepp: Waar's a Wunder? Owa de kimmt glei! Sitz di derweil her, trinkma a Christkindlhalbe und ratschma a weng!

Kare: *Setzt sich auf die Wohnzimmercouch.* Mersse! Owa viel Zeit hob i ned, d'Hildegard will bacha!

Sepp: Jaja, scho klar! Owa a paar Minuten wird's scho warten kinna mit ihrane Kipferl.

Kare: Do host du aa wieder recht!

Sepp: Gell! So, und etza hol i uns a Halbe. Frisch aus dem Keller! Kimm glei wieder! *Geht zum Bierholen. Kare sieht sich inzwischen im Wohnzimmer um. Es ist keinerlei Weihnachtsdekoration sichtbar, auch kein Christbaum. Das Einzige, das darauf hinweist, welches Fest vor der Türe steht, ist das Bild eines Christbaumes, das auf dem Wohnzimmertisch liegt.*

Sepp kommt mit zwei Flaschen Bier zurück, Gläser braucht es nicht. Er stellt die Flaschen auf den Tisch und öffnet sie fach-

männisch mit seinem Feuerzeug, so dass man die Kronkorken knallen hört.

Sepp: Sodala Kare, auf die Feiertage, daad i sagen! Dassmas halbwegs guat umebringa, körperlich und seelisch!

Kare: Genau! Vor allem, dass uns ned zreißt mit dera Fresserei! Is a Schweinshaxn mit drei Knödel scho a Herausforderung, owa danach allaweil des Tiramisu und de Plätzln und des ganze Glump! Des belastet das Verdauungssystem! Prostata, aaf a geregelte Verdauung! *Sie stoßen die Flaschen aneinander und trinken genüsslich.* Mmhhh, a guada Stoff is des, a ganz a guada!

Sepp: Des is a Christmas-Bock vom Kopperer-Bräu! Wos Feines!

Kare: Ganz wos Feines! I hobmas scho denkt, dass des koa Blempel ned is. *Betrachtet mit Prüferblick das Etikett.* 7,2 Prozent! Mei liawa, do wennst drei trinkst, dann is dir's Christkindl aa wurscht!

Sepp: Des konnst laut song! *Seufzt:* Omei, des Weihnachten wenn scho ume waar! De ganz Verwandtschaft kimmt wieder daher! Und de, wos ned daherkimmt, de miassma bsuacha, des is fast no schlimmer! Ein Stress is des alle Jahr, des haltst ned aus!

Kare: Wem sagst du das! Du Sepp, nix für unguat, owa direkt weihnachtlich schauts fei bei eich ned aus. Hod dei Frau überhaupt nix dekoriert? Und Christbaam habts aa koan, also a weng armselig is fei des scho, so gar nix …

Sepp: Kare, ob du es glaubst oder ned: Mir hamm an Christbaam ghabt! Do is er gstandn! Deutet auf eine imaginäre Stelle auf dem Beistelltisch. I hobna ja selber kafft im Schweiße meines Angesichts, 42 Euro und a Fuchzgerl hod er kost am Lidl-Parkplatz. Am Netto-Parkplatz wari aa, owa de hamm bloss lauter so verhaute Gwaxer ghabt!

Kare: I kaaf den unsern allaweil am Edeka-Parkplatz!

Sepp: Bei dem Russen?

Kare: Des is koa Russ ned, der is vo Plattling!

Sepp: Ehrlich? Der schaut owa aus wia a typischer Russ! Mit dera Pelzkappn und dem Bundeswehrparka, da klassische Russ, a Bilderbuchruss fast!

Kare: Des hob i mir aa denkt – rein äußerlich a reinrassiger Russ, eventunell sogar a Sibirerer vo ganz hintn fira! Dann sog i zu eam: „Igor, ich brauchen Christbaum! Soll groß sein ungäfähr 170 Zentimeter und Tannä, wenn mäglich, wo nicht tut stechen, weißt du!“ Woaßt, i hob extra hochdeitsch gred, dass er sich leichter duat als Russ!

Sepp: Freilich, i versteh di scho. Man muass ja de Leit unterstützen, dass de unsere Sprache vo da Pike aaf lerna. Man hods ned einfach bei uns als Russ! Und es is ja aa wega da Integration.

Kare: Genau des hob i mir aa denkt! Dann hob i no gsagt: „Du mir machen gut Preis, dann wir kommen in Geschäft und ich dir kaufen ab ebbs!“ Und dann sagt er: „De Handlerei brauchst gar ned ofanga, Spezi! Bei mir kost jeder Baam an Fuchzger und da Kaas is bissn! Wenn dir des z'deier is, dann schleichst di, du Noutnigl du!“

Sepp: Ja mi host ghaut! Des is fei ganz schee keck für an Russen!

Kare: Des war ja koaner, der war ja vo Plattling!

Sepp: Ach ja, genau! Wiama sich deischn konn, ha! Ned a jeder typische Russ is a Russ!

Kare: Es konn aa a Plattlinger sei!

Sepp: Genau! Du konnst di heitzudogs aaf nix mehr verlassn!

Kare: Genau! *Sieht sich nochmal um.* Du Sepp, und wo is er jetza, dei Baam? Er is nimmer do … warum?

Sepp: Weil sich mei Frau vo jedem Hanswurschten beeinflussen lasst!

Kare: Wia moanst jetza des?

Sepp: *Grantig:* Von jedem Hanswurschten! Der konn ihr no so an Blädsinn erzähln, des glaubts! I wenn wos sog, des gilt nix! Do sagts dann: „Omei, du wieder mit dein Schmarrn!“ Owa a anderer wenn wos sagt, dann sagts: „Ja genau, danke für den Tipp!“

Kare: Sepp, des kenn i! Mei Hildegard is haargenau de gleich! Neilich sog i: „Kanntma uns amal wieder a Pizza ins Haus liefern lassen!“ Und sie dann: „Du allaweil mit deiner Pizza!“ Und am naxtn Dog sagts ganz vorwurfsvoll: „Da Dr. Fahr-Iseher“, des is unser linker Nachbar links, sowohl örtlich als auch charakterlich, „der hod seiner Frau a Candle-

Light-Dinner gschenkt zum 37. Hochzeitstag, des is halt a Kavalier! Der hod ein Niveau!“ De misst mit zworerloa Mass! Mei Pizza hods für nix, owa dem Fahr-Iseher seine Hummerschwänz und Schneckenheisln oder wos woaß i, wos der frisst, des hätt dann a Niveau! Der eigene Mann gilt nix im eigenen Haus, des is des!

Sepp: Haargenau! Und zum 37. Hochzeitstag a so a nobles Gschenk is eh a Irrsinn! 37, des is doch überhaupt koa Anlass, und a Primzahl is aa no! Und wega dem Dr. Rempler, des is unser linker Nachbar, hamm mir etza koan Christbaam mehr im Endeffekt! Es war aso: I hob den Christbaam gholt, sie hodna gschmückt – wunderbar! Rote und goldene Kugeln, an schneeweißen sprayartigen Kunstschnee, idyllische elektrische Kerzen, und so kloane Schokolebkuchen hods no dranghängt. Es war a richtig zünftiger Christbaam, ohne Schmarrn! I hob ihr sogar a Kompliment gmacht, wos ned oft vorkimmt! „Liesl“, hob i gsagt, „Liesl, des host du wunderbar gemacht! Des is ein Christbaam, woma mit Fug und Recht sagen konn: ‚Jawoll, des is a Christbaam!‘“

Kare: Des find i schee vo dir! Ein charmantes Lob hod no nie gschad! Und seelisch bringts mehr als Hummerschwänz und so Glump!

Sepp: Eben! So, und dann hods no im ganzen Wohnzimmer Engerl aafghängt und am Fernseh is a Nikolaus krabbelt aus Gummi oder Plastik oder so. Der war voll goldig! Der hod ausgschaut, wia wenn er am Fernseh affekraxeln daad, wirklich goldig!

Kare: Jaja, de Technik heitzudogs is atemberaubend. De machen Nikoläuse, do schnallst du ab! In allen Variationen! Und aa scho Nikolausinnen zwecks da Gleichberechtigung!

Sepp: Wobei des a Krampf is, weil er hod doch an Sack!

Kare: Du wieder mit dein Schmarrn!

Sepp: I moan ja bloß. Und dann hod d’Liesl no überall Tannenzweige platziert, mit an künstlichem Rauhreif dran. Es war ein wunderbar weihnachtliches Wohnzimmer!

Kare: Des glaub i dir. Ja, und wo is des ganze Zeig etza?

Sepp: Weg is, weg! Losganga is des Elend mit dem Bsuach vo ihrer Schwester. De hoaßt Brunhilde und schaut aa aso aus! A dodal wuchtige Erscheinung!

Kare: I konns mir vorstelln.

Sepp: Genau. Und d'Brunhilde, de red nur über Krankheiten, sonst über nix, nur Krankheiten! Krankheiten san ihra größte Freid! Kimmts eina, segt den Christbaam und sagt zu ihrer Schwester, de wo mei Liesl is: „Liiiesl! Do is ja a künstlicher Schnee drauf! Aus einer Spraydose! Liiiesl!" Und de hod eine Stimm, des konnst dir ned vorstelln! Do hauts dir den Ofen zamm! Des „Liiiesl", des hod sich anghört wia a Martinshorn!

Kare: Brutal!

Sepp: Owa ehrlich! Dann sagt mei Frau: „Ja und? Is des schlimm?" Und dann d'Brunhilde: „Liiiesl, ja host denn du des ned gseng im Radio?! Der Schnee aus da Spraydose, der is im höchsten Grad gesundheitsschädlich! Erstens fürs Ozon, weil des kriagt a Loch, und zweitens für den Menschen! Der künstliche Schnee wenn warm wird, aus dem löst sich ebbs!" Und mei Liesl natürlich, dodal verängstigt: „Ehrlich? Wos löst sich denn do?"

Kare: Also des daad mi aa interessiern. Wos löst sich denn do?

Sepp: Gar nix löst sich do! Des sagt doch d'Brunhilde, des Oberhorn, bloß, dass wieder über Krankheiten reden konn! „Liiieserl", hods gsagt, „Schwesterherz, wia des genau hoaßt, des woaß i aa ned, owa es is gfährlich! Hautrötungen, Augenbrennen, im Extremfall sogar Juckreiz im unteren Bereich! Liiieserl, dua den Schnee weg, bevors zu spät is!" Und wos sagt d'Liesl? „Sepp, dua den Schnee weg!" Obwohl es keinen Menschen im unteren Bereich gjuckt hod, ned amal im oberen! Owa naa, do sagt irgendein Rindviech wos und dann springt mei Gattin glei drauf o. Und um den vorweihnachtlichen Ehefrieden ned zu stören, hob i den ganzen künstlichen Schnee owakratzt vom Christbaam! Ich Depp!

Kare: Wahnsinn! Und wos host nacha gmacht damit?

Sepp: In den Kachelofen hob i eam einegworfa. Du, der hod brennt wia d'Sau, direkt explosiv! Buff – und weg war er. Der hob besser brennt wia a echter, wesentlich besser!

Kare: Des möchtma gar ned glauben, dass a Schnee so guat brennt!

Sepp: Gell, wos alles gibt! So, dann war da Schnee weg. Am naxtn Dog kimmt unser rechter Nachbar daher, der is ned so links wia da linke, owa im Prinzip aa a Knallkopf. Kimmt daher und fragt, ob mir ein Zitronat hamm. Des hass i scho vo Haus aus, de Bettlerei an da Wohnungstür!

Kare: *Peinlich berührt:* Ja, owa i bin fei aa do wega an Vanillzucker.

Sepp: Des is wos anderes! Erstens san mir zwoa Freind, zweitens bist du koa Knallkopf ned und b) mog i koa Zitronat! Aaf jeden Fall segt der Nachbar den Christbaam und sagt: „Elektrische Kerzen? Um Gottes Willen! Wissen Sie ned, dass do bei einem Kurzschluss alles in Brand geraten kann? In Frankreich is sowos letzts Jahr amal passiert oder in Portugal!" Und mei Frau, weils ja aaf jeden Deppen mehr hört als aaf mi: „Sepp, dua de Lichterkette owa, bevor dass an Kurzschluss gibt in Portugal!"

Kare: So ein Schmarn! So ein himmelschreiender Schmarrn! Des hob i ja no nie ghört! Und wenn, dann is aa wurscht. Wenns in Frankreich oder in Portugal an Kurzschluss gibt, des spielt doch keine Rolle!

Sepp: Ja eben! Owa i natürlich, friedliebend wia i bin, hob de Lichterkette owado. Dass ja koa Diskussion gibt, weil mir glangt Weihnachten an sich scho, do brauch i ned no a Diskussion! So, dann war de Lichterkette aa weg. Etza war da Baam scho schneefrei und finster, owa es geht no weida! Am naxtn Dog kimmt unser Tochter vom Studiern aus Minga, sie sagt ja „München", als waars a Preiß! Und de hamms ganz schee verdorben in Minga, de is politisch abgedriftet, ins Grünliche!

Kare: *Geschockt:* Ehrlich? De war doch früher in der JU!

Sepp: Ja, früher! Owa des Minga, des is ein Sammelsurium an seltsame Ansichten! Wos de für einen Zeig zammwählen, des passt aaf koa Kuahaut. Aaf jeden Fall segt mei Tochter de Christbaamkugeln und sagt: „Mama!!! Weißt du überhaupt" – de red hochdeitsch, mei Tochter! Und ihra Freind hoaßt Lennox, wia a Hund – „weißt du überhaupt", sagts, „dass diese Kugeln in den ärmsten Ländern der Welt unter elenden Bedingungen hergestellt werden? Die Arbeiterinnen dort verdienen kaum 100 Euro im Monat und sie müssen dafür sieben Tage die Woche arbeiten und 12 Stunden am Tag! Und du hängst diese Zeugnisse der Schande an den Christbaum! Schäme dich, Mama!"

Kare: Ja Wahnsinn! Stimmt des wirklich mit den ärmsten Ländern der Welt? Christbaamkugeln werden ja in Thüringen hergstellt. Direkt reich sans do ned, owa, dass in Thüringen dermaßen ausgebeutet wern, des glaub i ned!

Sepp: Des is doch alles a Schmarrn, wos mei Tochter sagt, a totaler Schmarrn! Owa de hod ja direkt einen Verfolgungswahn, seit dass de in Minga studiert! De wittert überall Unterdrückung und Ausbeutung und so Zeig.

Kare: In Thüringen! De spinnt doch!

Sepp: De hamms komplett verdorben! „Diese Kugeln sind Sinnbilder der Sklaverei im fernen Osten!" hods gsagt!

Kare: Ferner Osten! In zwoaeinhalb Stunden fahr i aaf Thüringen!

Sepp: Eben! Owa de war nimmer zum beruhigen, wia wenns an Knall hätt! Mei eigene Tochter! Früher Kassenprüferin bei der JU!

Kare: *Mit frustriertem Kopfschütteln:* Du machst wos mit, Sepp, mei Beileid!

Sepp: Danke dir! Und wos sagt mei Frau? „Sepp", sagts, „Sepp, herunter mit de Kugeln, sofort! Ein Zeichen der Sklaverei will i an Weihnachten ned in meinem Wohnzimmer haben! Owa damit!" Und wos mach i? I bin so bläd und dua de Kugeln owa. Weil zwoa Weiber gega oan Mo, do bist du chancenlos. Is ja bei 1:1 scho ned einfach!

Kare: Armes Schwein!

Sepp: Des Elend is no ned aus, es geht no weida! Am Abend des gleichen Tages kimmt mei Schwiegermuada daher. Sie is vo Haus aus a schwieriger Charakter, owa sie hod aa no a gsundheitliches Problem seit Neuestem: Sie vertragt koan

Zucker ned. De wenn wos Süßes isst, de kriagt furchtbare Verdauungsprobleme!

Kare: Blaahtses?

Sepp: Genau! I wollts bloß a bissl feiner ausdrucka. Und seits des hod, hod sie den Wahn, dass sie alle Menschen vorm Zucker warnen muass! Sie kimmt ins Wohnzimmer eina, segt de Schokolebkuchen am schnee-, kerzen- und kugellosen Christbaam hängen und sagt ganz hysterisch: „Ja Elisabeth!" – des is mei Liesl, sie sagt allaweil Elisabeth – „dua de Lebkuchen weg! Der Zucker is der Untergang der Menschheit! In jedem Obst is a Zucker drin, im Ketchup, überall! Und an Weihnachten gibt's eh überall Plätzln und sonstige Killer, do brauchst doch du ned no Lebkuchen an dein Christbaam hänga! Häng doch lieber Kugeln dro!" I hob gsagt, dass Kugeln ned möglich san wega da Sklaverei in Thüringen, owa des hods ned kapiert. Aaf jeden Fall hob i de Lebkuchen owado, dass a Ruah is, dann war da Christbaam komplett nackert! Du, des hod dermaßen armselig ausgschaut, direkt gschaamt hob i mi, owa wos willst macha!

Kare: Sepp, ohne Schmarrn: Du hostas echt ned leicht! Des wenn i so hör, do hob i direkt den Eindruck, dass du vo lauter Irre umgeben bist! Also nix gega dei Familie und dei Nachbarschaft, owa ganz sauber san de ned!

Sepp: Do host du recht! Manchmal glaub i, dass i da oanzig Normale in da ganzen Siedlung bin!

Kare: Ja, und dann? Wo is dann da nackerte Christbaam etza?

Sepp: Etza kimmt da da linke Nachbar ins Spiel, da Dr. Rempler! Der hod unserer weihnachtlichen Dekoration den Rest geben!

Kare: Wia des?

Sepp: Des war vorgestern! Raamt er Schnee und dummerweis raamt mei Frau aa! I kannt mi in Arsch beißen, dass i ned graamt hob, owa i hob beim besten Willen ned kinnt, weil am Fernseh warn grad de Simpsons do!

Kare: Dann konnst natürlich ned weg, des is klar. Außerdem duat da Frau a frische Luft guat!

Sepp: Grundsätzlich scho, owa der dumme Schmaaz vom Rempler duat ihr ned guat! Fragts der Narr, ob sie scho alle Weihnachtsvorbereitungen getroffen hod. Und mei Liesl, naiv bis dorthinaus, sagt zu eam: „Jaja, die Geschenke san kafft und im Wohnzimmer steht da Christbaam und des ganze Zimmer hobi schön mit Tannenzweige dekoriert! Wollnses sehen, Herr Dr. Rempler?“ Und er natürlich, neigierig wia a elfjährigs Kind, sagt „gerne“! Kimmts daher mit eam, i sitz in da Unterhosn aaf da Wohnzimmercouch und schau mir d'Simpsons o! Peinlich! I bin owa sitzenbliem, weil irgendwie waar aafsteh aa peinlich gwen.

Kare: I sog allaweil „my home is my castle“! Do hod niemand wos verlorn in mein Wohnzimmer! Und wenn i nackert durtsitz, dann geht's aa koan wos o!

Sepp: Genau! Owa wos willst macha, wenn die eigene Frau den Haumdaucher daherbringt! I sog: „Ja, grüß Gott!“ Und er schaut zerst am Fernseh, segt den Homer Simpson und schaut dann ganz mitleidig mi o, als waar i a Volldepp in da Unterhosn.

Kare: Unterhosn stimmt, Volldepp nicht!

Sepp: Genau! Und etza kimmts! Dann segt er den Baam und de Tannenzweige, mit denen mei Frau des ganze Wohnzimmer dekoriert hod, dann schaut er den Baam genauer o, schnufelt an einem Ast und sagt: „Das ist ein echter Baum!“ „Ja freilich!“, sog i, „original Lidl-Parkplatz, 42 Euro und a Fuchzgerl!“ „Ja, wissen Sie das nicht?“, sagta. Und mei Frau natürlich sofort: „Was denn, Herr Dr. Rempler?“ Des is des! A Anderer wenn wos sagt, dann is glei Feuer und Flamme, mi ignorierts ned amal! Owa bei an andern, und wenn er no so a Haumdaucher is, do spitzts d'Ohrn!

Kare: *Neugierig:* Wos hod er denn nacha gmoant, da Rempler?

Sepp: Er hod gsagt, dassma echte Christbaama nimmer hod heitzudogs! Weil de dodal gfährlich san.

Kare. Gfährlich? Warum gfährlich? Eventuell, dass oan derschlagen, wenns umfalln?

Sepp: Des hob i zerst aa gmoant, owa es is ganz wos anders, laut Rempler! Erstens gehen do Dämpfe weg vo de Nadeln, aaf de reagiern manche Menschen algerisch ...

Kare: Du moanst allergisch ...

Sepp: Ja, des war a Witz!

Kare: Achso! Haha!

Sepp: Also, wia gsagt, manche Menschen reagiern do allergisch bis hin zur Atemnot, hod er gsagt. Und, wos no schlimmer is: Unter da Rinde können Schädlingslarven sei, irgend a Bock.

Kare: A Bock? Goaß oder Schaf?

Sepp: Depp! A Käfer, Holzbock oder wia der hoaßt! Und wenns ganz dumm geht, dann hupft der Jungbock, also de Larve quasi, zum Beispiel in dein Wohnzimmerschrank eine und frisst den zamm, weil der is aus Holz!

Kare: A geh, des glaubst doch selber ned! So ein Schmarrn, des hob i ja no nie ghört!

Sepp: I aa ned, und i glaub des aa ned! Des hättma doch im Fernsch gsehn oder in da Zeitung glesn, wenn irgend a Bock an Wohnzimmerschrank zammgfressn hätt oder wenn oana neba sein Christbaam algerisch dastickt waar.

Kare: Ja eben!

Sepp: Owa, wie schon erwähnt: Meine Frau glaubt jedem Hanswurschten mehr als mir und sagt: „Josef!" – Josef sagts do, bloß weil da Rempler an Doktortitel hod – „Josef, tu den Christbaam hinaus und de Tannenzweige aa! I will weder eine Atemnot noch einen Bock! Seit i leb, hob i no keinen Bock ghabt, und jetza brauch i aa koan mehr!" Und i hobs scho gsagt: I will an Weihnachten koa Diskussion ned! Und drum hob i den Christbaam packt und de Tannenzweige und schwupps, warns scho im Garten draußen! Do bini brutal!

Kare: Unglaublich! Un-glaub-lich! Und etza habts gar nix mehr!

Sepp: Genau! Bloß den Zettel do am Tisch, wo a Christbaam drauf is, bloß dassma an Anhaltspunkt hod. Prost!

Sie stoßen an und trinken den Rest ex aus. Es erscheint Liesl.

Liesl: Ja griaßde Kare!

Kare: Servus Liesl! Du, i soll an scheena Gruaß sagen vo da Hildegard! Und ob du zwoa Packerl Vanillezucker hättst, leihweise, sie möchte Vanillekipferl macha, woaßt!

Liesl: No freilich, Kare! I hob vor Weihnachten immer mindestens 10 Packerl in Reserve do! Wart, i hols dir aus da Speis. *Geht und kommt nach kurzer Zeit mit dem Vanillezucker zurück.* So, do schau her! An scheena Gruaß zruck an d'Hildegard!

Kare: Dankschee! *Steht auf.* Also nacha, i packs wieder!

Liesl: Alles klar! Is dir wos aufgfalln?

Kare: Wia aufgfalln?

Liesl: Wega unserer Weihnachtsdekoration!

Kare: Achso, ja. Da Sepp hods mir scho erzählt!

Sepp: *Eifrig, dienstbeflissen:* I hobs eam scho erzählt, Liesl! Dass i des alles weg hob wegen der Gesundheitsgefährdung und aa wegen dem Brandschutz! Es is viel gscheider, mir san aaf da sicheren Seite, a Christbaam is ned so wichtig!

Liesl: Genau, Schatz! Schee, wennstas du aa aso segst!

Sepp bringt Kare zur Haustüre.

Kare: *Im Hinausgehen:* Schleimer!

Sepp: I mog an Weihnachten keine Diskussionen!

Christmas-Shopping x-trem

Es heißt immer, wenn man sich in unserem Land zurechtfinden will, dann sollte man die deutsche Sprache beherrschen, zumindest einigermaßen. Für Neubürger, die aus dem näheren oder auch ferneren Ausland zu uns kommen, werden sogar Deutschkurse in der Volkshochschule angeboten, damit sich diese Menschen bei uns leichter tun. Unter uns gesagt: Auch so manchem Deutschen würde so ein Kurs nicht schaden! Aber das nur nebenbei.

Ich bin ja gottlob ein Eingeborener dieses Landes, sogar ein ostbayerischer Aborigine, ein native Speaker, wie man heutzutage sagt, und ich habe die deutsche Sprache, mit bajuwarischem Einschlag, bereits mit der Muttermilch bzw. mit Hipp oder Milupa, genau kann ich mich nimmer daran erinnern, aufgesogen.

Angefangen hat es mit sehr einfachen Wörtern wie „dada", „eiei" oder auch „duzziduzzi". In der Zwischenzeit hat sich mein Wortschatz deutlich erweitert, auch Fremd- und Schimpfwörter sind hinzugekommen, so dass ich mich fast überall in unserem Lande verständlich machen kann, einige Bergdörfer Sachsens mal ausgenommen, aber da wird es den Bewohnern dieser Ortschaften auch bei uns in der Oberpfalz nicht anders ergehen.

Leichte Schwierigkeiten habe ich auch mit der Handysprache, die von vielen Jugendlichen angewendet wird und die oftmals mit Deutsch nicht allzu viel zu tun hat. Aber ich bin lernwillig und -fähig und ich bin mir nicht zu schade, bei jungen Leuten nachzufragen. Diese geben mir meist auch bereitwillig Auskunft, sei es aus Hilfsbereitschaft oder aus Mitleid, aber immerhin! Und deswegen bin ich optimistisch, dass ich spätestens im Alter von 85 Jahren die Jugendsprache perfekt beherrsche und dann werden sie im Altenheim sagen: „Cooler Typ, der Toni! Der simst wie ein 70-Jähriger!" Und ich werde sagen: „Merci, ihr Homies! Keep on rollating!"

Aber insgesamt gesehen bin ich auch jetzt schon mit meinem Wortschatz ziemlich zufrieden. Ich kann sogar Bücher schreiben und darin die deutsche Sprache mit meinem Ostbayern-Slang würzen bzw. verhunzen.

Doch unlängst kamen mir große, sehr große Zweifel, ob ich der aktuellen deutschen Sprache tatsächlich mächtig bin – wobei sich die Zwei-

fel fast schon zur Verzweiflung auswuchsen! Ich kam mir alt vor, unheimlich alt kam ich mir vor!
Es geschah wenige Tage vor dem letzten Heiligen Abend, beim Einkaufen von Weihnachtsgeschenken. Frau, Kindern und wenigen nahestehenden Freunden wollte ich eine kleine Weihnachtsfeude machen. Da es nicht einfach ist, das richtige Geschenk zu finden, fuhr ich in ein großes Einkaufszentrum in einer großen Stadt, denn ich wohne in einer kleinen. In einem großen Einkaufszentrum, so war meine Hoffnung, ist es viel einfacher, etwas Passendes zu finden, da hier die Auswahl riesig ist und die Chance, einen Treffer zu landen, größer.
Ich betrat den Konsumtempel, nachdem ich bereits nach 13 Minuten einen Parkplatz gefunden hatte. Sofort war ich geblendet von einem weihnachtlichen Lichtermeer: Sterne, Kometenschweife, Rentiere, riesige Schneeflocken strahlten und blinkten in allen Farben um die Wette, von funkensprühenden Christbäumen und ständig nickenden Nikoläusen ganz zu schweigen!
Für einen Moment dachte ich daran, dass ich daheim meinen Elektroofen immer schon zwei Minuten eher ausschalte, um Strom zu sparen, denn die Herdplatte bleibt ja noch heiß und das Essen wird trotz ausgeschalteter Platte fertig. Ich Depp ich! Die Strommenge, die die weihnachtlichen Himmelskörper und Tiere in diesem Einkauszentrum an einem Wochenende fressen, diese Menge könnte ich mit meinem Oferl niemals sparen, auch wenn ich es 1000 Jahre lang ständig ausschalten würde, bevor die Suppe heiß ist!
Soweit, so irr! Natürlich reichen geschätzte 250.000 Lichter nicht, um beim Kunden die richtige Weihnachtsstimmung zu erzeugen – es braucht auch die passende Musik! Und diese tönte aus zwar nicht sichtbaren, aber sehr laut hörbaren Lautsprechern und rieselte auf die Menschen herab wie der Schnee früher, vor der globalen Erwärmung! Wie man weiß, sind die wahren Weihnachtslieder ausnahmslos in englischer Sprache verfasst und so wunderte es mich nicht, dass nicht „Stille Nacht", „Ihr Kinderlein kommet" oder gar „Es wird scho glei dumper" aus den Boxen tönte, sondern „I'm dreaming of a white Christmas", „Walking through a winterwonderland" und das unvermeidliche „Last Christmas".
So, nun wo ich optisch und akustisch in der richtigen Stimmung war, konnte es losgehen!

Erwas irritiert war ich, weil ich an vielen Schaufenstern weihnachtlich verzierte Aufkleber mit der Aufschrift „SALE“ sah. Ich kenne dieses Produkt nicht. Zuerst dachte ich, das sei eventuell ein Druckfehler und es gäbe in diesem Laden SALZ oder AALE, aber als ich dann im dritten Geschäft immer noch die selben vier Buchstaben las, war ich mir sicher, dass es tatsächlich „SALE“ heißen muss. Aber egal. Ich will ja Weihnachtsgeschenke kaufen und kein „SALE“, was immer das auch ist. Man unterscheidet übrigens dabei offenbar zwischen einer normalen und einer weihnachtlichen Fassung, denn in manchen Geschäften gab es laut Schaufensteraufdruck „CHRISTMAS SALE“.
Ich schlenderte (soweit es bei diesen Menschenmassen möglich war) durch die Kundenscharen und bemerkte plötzlich eine Zusammenrottung, die sich in der Einkaufsstraße zwischen den Ladenreihen gebildet hatte. Auffallend viele kleine Menschlein, Kinder auf deutsch gesagt, waren dabei. Ich drängte einige dieser Menschlein zur Seite, denn ich wollte sehen, was da los war. Peinlicherweise sagte ein Menschlein in tiefstem Bass „Büffel, greislicher!“ zu mir. An der Stimme und bei näherem Hinsehen auch am Vollbart merkte ich, dass dieses Menschlein kein Kind war, sondern ein älterer Mann, den der Herrgott nicht im Übermaß mit Wachstumshormonen ausgestattet hatte.
Egal, ich war jetzt an der Vorderfront der Menschentraube und sah, was der Grund dafür war: Auf einer Bühne saß ein Nikolaus mit weißem Bart, roter Mütze und rotem Mantel. Er winkte ständig mit der rechten Hand ins überwiegend kleine Publikum, nickte und sagte „Ho Ho Ho“.
Neben ihm stand ein großes Schild, auf dem zu lesen war: „MEET & GREET SANTA CLAUS! TAKE A SELFIE, 1 € ONLY!“ Ich möchte an dieser Stelle ausdrücklich betonen, dass sich das Einkaufszentrum in Ostbayern und nicht in London oder New York befand! Viele Kinder nutzten die Gelegenheit und grinsten mit dem rotbackigen Nikolaus in die Handykamera der Mutter oder des Vaters. Und die Mütter zahlten den Euro dafür sehr gerne, kam doch der Erlös Straßenkatzen in Bolivien zugute.
Da aber ich Santa Claus weder meeten noch greeten noch ein Selfie mit dem alten Zausel wollte, kämpfte ich mich wieder aus der Menschentraube heraus und ging weiter. Unvermittelt sprach mich eine junge, nicht unattraktive Dame an. „Brauchen Sie einen shopping assisstant?“

Normal bin ich spontan charmant, wenn mich eine junge, nicht unattraktive Dame anspricht, aber ich war so erschrocken, dass ich relativ uncharmant fragte: „Ha? Wos is lous?“
Aber sie blieb freundlich: „Was Outfit und Stylingfragen betrifft, bin ich gerne Ihr shopping assisstant“, lächelte sie mich an, „vom Colour-Typ her würde ich auf Anhieb sagen: Sie sind der klassische Tschibi!“
„Wos bini?“ sagte ich, „a Klasse-Tschibi? Wos is nacha des?“
„Ein klassischer Tschibi, das ist Englisch, G-B! Das heißt ‚Grey & Brown‘! Sie sollten die Farben Grau und Braun als Maincolours bevorzugen!“
„Naa, besten Dank!“, sagte ich, „mei Frau is bloß am Klo, de kimmt glei!“ Das war gelogen, aber ich wusste nicht, was ich mit dem freundlichen Fräulein anfangen hätte können. Sie gab nicht kampflos auf und umgarnte mich mit dem Versprechen: „Ich checke Ihren Style und mache sie mit meinen Fashion-Tipps zum Eye-catcher! Big Promise!“
Ich sprudelte hastig ein „Naa, besten Dank! I kaafma bloß a Leberkaassemmel!“ heraus und eilte davon. Ich wusste immer noch nicht, was ich für meine Frau kaufen sollte, aber da sie gerne wandert, wollte ich etwas in dieser Richtung suchen.
Ich sah ein Geschäft mit der Leuchtaufschrift „Trendshop für Outdoor-Freaks – Christmas-Wonderworld für Climber, Biker, Walker, Runner, Glider, Fisher und Rafter“. „Jawoll!“, dachte ich, „das hört sich im weitesten Sinne nach Wandern an“, und ich betrat den Verkaufsraum bzw. den Trendshop.
Offenbar machte ich einen ratlosen Eindruck, denn schon kam eine Verkäuferin auf mich zu. Unter uns gesagt: Rein figurtechnisch hätte dieser die eine oder andere Wanderung nicht geschadet!
„Hi“, sagte sie, „bist du eher der Biker oder der Walker?“ In Outdoor-Kreisen duzt man sich nämlich grundsätzlich! Ich wollte ihre Kenntnisse testen und antwortete: „Eher der Tschibi-Typ!“
Aber da kam ich ihr gerade recht – sofort meinte sie „schon klar, rein colourmäßig, aber ich meinte deinen Outdoorfaktor!“
„Wandern“, sagte ich kleinlaut, „eher wandern! Mit de Fiaß!“
„Aha, der Walker! Du, don’t worry, damit bist du voll im Trend! Walken ist hipp, und zwar sowohl MW als auch VW! Wozu neigst du trendmäßig?“
„VW eher ned“, sagte ich, „eventuell BMW oder Audi!“

Sie lachte herzhaft. „Cooler joke!“, meinte sie, „nee du, ich meinte vom Walken her, MW, das ist Mountain Walking oder VW, das ist Valley Walking! Bist du mehr für auspowern oder easy going? Ein Mountain-Crosser oder ein Valley-Cruiser?“
Da war ich überfordert und konnte gottseidank meine Frau als Ausrede ins Feld führen. „Es geht gar ned um mi“, sagte ich, „es geht um mei Frau! Und ob etza de eher cruist oder crosst oder powert … hm, do muasses zerst fragen! I frags amal, dann kimmi wieder, gell!“
„Verdammt nochmal!“, grantelte ich in mich hinein, „kann man denn nimmer in Ruhe a paar kleine Geschenke kaufen, ohne dass man gleich erklären muss, ob man ein Tschibi oder ein VW ist? Ein bikender Eye-Catcher oder ein shoppender Outdoorer? Wahnsinn! Die sollten in der Volkshochschule eher Spachkurse für Shopper anbieten!“
Eigentlich wollte ich schon heim, weil ich genervt war, aber dann dachte ich, dass man mit was Süßem nie verkehrt liegt und suchte ein Geschäft, in dem man Pralinen, Konfekt, Bonbons oder Ähnliches anbietet.
Nach fünf Minuten fand ich eines, welches „Sweeties for Ladies“ hieß und dachte, da könnte ich was Passendes finden. „Es waar wega Weihnachten“, sagte ich zur Dame hinter der Theke, „irgendwos Süßes für mei Frau, so maximal 30 Euro, notfalls aa 40!“ Der Grund für diese Preisangabe liegt darin, dass meine Frau und ich ausgemacht haben, dass wir uns gegenseitig nichts über 25 Euro schenken und ich wollte als der Großzügigere dastehen.
„Oh, da haben wir sehr schöne Sachen hier!“, sagte sie, „als Christmas-Special darf ich Ihnen unsere Gift-Box empfehlen! Da haben Sie viele originelle Gifts aus dem Sugar-Bereich zur Auswahl und bis zum Heiligen Abend läuft noch unsere Aktion „buy three, pay two“! Und Sie brauchen die Gifts gar nicht einzupacken! Das erledigen wir kostenlos an unserer Gift-Wrapping-Station!“
Das war mir dann doch irgendwie zu viel, vor allem, weil mir momentan nicht eingefallen war, dass Gift auf Deutsch Geschenk heißt und mir der Laden deshalb sehr suspekt erschien.
Ich verließ das Einkaufszentrum, natürlich nicht ohne eines der Give-Aways, die von weiblichen Nebenerwerbsengeln an allen Ecken und Enden verteilt wurden. „Unsere Sprache wird zunehmend upgegraded“, dachte ich.

Und als ich am Ausgang ein Plakat hängen sah, auf dem stand: „Girls, Girls, Girls – Christmas-Strip in der Diskothek Starlight“, daneben eines vom Landgasthof Hintermeier mit der Aufschrift „SPECIAL OFFER AM 25. UND 26.12. – NUR 16 €: ALL YOU CAN EAT AT CHRISTMAS“ dachte ich: „Und unsere Kultur auch!“
Schenken werde ich dann heuer wieder das, was ich letztes Jahr auch schon geschenkt habe: Geschmackvoll verpacktes Bargeld.

Mit dem Christkind ist es immer so eine Sache: Zuerst glaubt man als Kind ja eisern daran, dass es dieses gibt und dass es für die Geschenke zuständig ist. Dann folgt eine (kurze) Phase des Zweifels, gefolgt von der ernüchternden Einsicht, dass hier die Eltern am Werk sind und nicht das Christkind. Es gibt aber auch brave Kinder, die glauben zwar nicht mehr daran, lassen sich das aber nicht anmerken, so wie einer dieser zwei Sechsjährigen. Und warum? Nur

Der Mama zuliebe

Veit:	Wos wünscht du dir nacha vom Christkindl?
Lara:	Des Christkindl gibt's doch gar ned, des san doch d'Mama und da Papa!
Veit:	Jaja, des weiß i schon!
Lara:	Dann musst du dir ja von der Mama und dem Papa ebbs wünschen und ned vom Christkindl!
Veit:	I wünsch mir aber vom Christkindl ebbs!
Lara:	Wieso denn?
Veit:	Da Mama zuliebe!
Lara:	Da Mama zuliebe?
Veit:	Ja, weil de gfreit sich allaweil ganz fest, wenn i an Wunschzettel schreib und schreib oben drüber „an das Christkindl"! De meint dann, dass i no ganz klein bin und an des Christkindl glaub. Und weil i die Mama lieb hab, drum mag i, dass sie sich gfreit!
Lara:	Kannst du scho an Wunschzettel schreiben? Mir hamm doch in da Schule erst ganz wenige Buchstaben glernt.
Veit:	Ja, scho, aber der Papa hilft mir beim Wunschzettel schreiben, weil der hat die Mama aa lieb!

Großeltern sind oft die Allzweckwaffe, wenn es darum geht, einmal ein bisserl Ruhe zu haben vor den oft anstrengenden Kindern. Gerade bei den stressigen Weihnachtsvorbereitungen hat man oft keine Zeit, sich mit dem Nachwuchs zu beschäftigen. So war es auch daheim in der Familie des kleinen Louis. Er wollte unbedingt in die Kindermette am Nachmittag des Heiligen Abend gehen, weil da beim alljährlichen Krippenspiel sein bester Freund Linus ein Schaf darstellte und Louis diesen Auftritt nicht versäumen wollte. Die Mutter von Louis hatte natürlich noch vieles für den Abend vorzubereiten und beim besten Willen keine Zeit, mit dem Sohnemann kindliche Schafe anzuschauen. Deshalb fragte sie den Opa, ob er nicht einspringen könne. Sie beruhigte ihn auch gleich insofern, als sie ihm sagte, die Kindermette dauere nur eine dreiviertel Stunde und nicht so lange wie die Hauptchristmette am späten Abend. Der Opa, der sich in der häuslichen Weihnachtshektik ohnehin unwohl fühlte, übernahm gern diese Aufgabe. Aber nachher dachte er bei sich:

Einmal und nie wieder

Opa und Louis betreten die Kirche, die nicht, wie an normalen Sonntagen, zu ca. 10 Prozent, sondern sehr voll ist.

Louis: Opa, setzma uns ganz vorne hin!

Opa: Owa da is ja schon alles voll, Louis! Da samma a bissl z'spät dran! Miassma weida hintere!

Louis: *Traurig:* Aber i mag doch den Linus als Schaf sehen! Und wenn i hinten sitz, is er ganz klein, weil er vorne is!

Opa: Ja guat, dann schauma amal, ob uns no irgendwer einelasst vorn!

Opa und Enkel stellen sich demonstrativ neben die erste Bankreihe, aber niemand rückt, um noch zwei zusätzliche Plätze zu schaffen. Auch als sie in der zweiten und dritten Reihe diese aufdringliche Prozedur wiederholen, findet sich kein Mitchrist, der seine bequeme Sitzposition aufgeben möchte, nur um dem Louis einen Blick auf das Schaf Linus zu ermöglichen. Erst in der vierten Reihe erbarmt sich jemand und lässt die beiden hinein, was dazu führt, dass es in dieser Reihe eng wird, sehr eng! Dies hat einige missmutige

Blicke derer zur Folge, die schon sehr früh da waren und sich jetzt trotzdem wie Sardinen in der sprichwörtlichen Dose fühlen. Nach einigem Gerücke und Geschiebe haben die beiden nun einen Platz gefunden.

Louis: In der ersten Reihe wärs besser gewesen!

Opa: Jaja, owa des passt scho! In der vierten Reihe segtma aa ganz schee fire!

Louis: In der ersten Reihe hat uns keiner einegelassen!

Opa: Naa, keiner! Etza sei staad!

Louis: In der zweiten Reihe aa ned!

Opa: Naa, do aa ned. Owa so schlimm ist des ned. Sei ruhig jetza, glei geht's los!

Louis: Und in der dritten Reihe aa ned!

Opa: *Leicht ungehalten:* Sei halt jetza staad, Louis! Des woaß i doch selber, dass uns in der ersten und zwoaten und dritten Reihe koaner einelassen hod! Des brauchst mir doch ned dauernd aufs Brot schmiern!

Louis: Was für a Brot?

Opa: Nix! Des verstehst du ned! Bitte sei etza ruhig! Pssst, da Herr Pfarrer fangt o! *Hält zur Ruhe auffordernd den rechten Zeigefinger vor den Mund, was aber Louis offensichtlich nicht dazu bewegt, ruhig zu sein.*

Louis: Des san solcherne Deppen in de ersten drei Reihen, gell! Die hamm uns nicht einelassen! Die kommen in die Hölle! Die alle da vorn! *Deutet mit dem rechten Zeigefinger auf die Höllenkandidaten.*

Opa: *Peinlich berührt, da sich einige Christen vor ihm umdrehen und ihm und Louis böse Blicke zuwerfen:* Kruzenäsn, etza sei halt amal staad! *Das hat sogar der Pfarrer gehört und er wirft daraufhin dem Opa einen gar nicht weihnachtlichen Blick zu.* Tschuldigung, Hochwürden! Louis, staad etza, zef... äh, Mensch Meier!

Louis: Opa! Kruzenäsn derfma ned sagen!

Opa: *Grantig:* Klugscheißer!

Missbilligende Blicke der Banknachbarn sind die Folge, man hört ein unterdrücktes „is etza bald a Ruah do vorn!“ aus Reihe sechs.

Louis: Hihi! Des sagt fei d'Mama oft zum Papa bei „Wer wird Millionär"! Weil der sagt immer, de Kandidaten san bloß bläd! Owa er is aa bläd, weil einmal hat er gsagt, B stimmt, aber es war D. Dann hat d'Mama gsagt: „Du bist a Klugscheißer!" *Grinst.*

Opa: *Frustriert den Kopf schüttelnd:* Des gibt's doch ned, wos bist denn du für a Kind! Wos hod denn da Günther Jauch in da Kinderchristmette verlorn! Pass halt auf, wos da Herr Pfarrer sagt!

Louis: Wann kimmt denn da Linus?

Opa: Der kimmt scho no, sei halt ned so ungeduldig! Etza sagt zerst da Herr Pfarrer wos, dann kimmt des Krippenspiel!

Louis: Und dann da Linus?

Opa: Genau! Weil im Krippenspiel san de ganzen Tiere dabei und da Linus dann aa!

Louis: Der is a Schaf!

Opa: Ja, der is a Schaf, I woaß scho! Etza pssst!

Louis: Da Rindler Ole is a Esel!

Opa: Do schau her!

Louis: Und da Brszcyninsky Wladislav a Weiser!

Opa: Aus dem Morgenland!

Louis: Naa, aus Polen is der!

Opa: Ja, scho klar, owa er spielt ja an Weisen! Und de san damals aus dem Morgenland kema! De san einem Stern gefolgt! Zu dritt warns! Da Kaspar, da Melchior und da Balthasar!

Louis: Dann warns aber vier!

Opa: Warum vier?

Louis: Ja, weil da Wladislav aa no!

Opa: Naa, der ned! Also der scho, owa der is ja in dem Fall ned da Wladislav, sondern a Weiser, oaner vo de drei!

Louis: Was für einer?

Opa: Des woaß doch i ned, is ja wurscht! Oaner vo de drei Weisen aus dem Morgenland!

Louis: Wo is denn des Morgenland genau?

Opa: Äh …, ganz weit weg, so genau woaß i des aa ned! Vo Bethlehem aus links, glaub i. Owa sei halt etza bitte staad und hör zua, wos da Herr Pfarrer sagt! Mir san in einem

Gottesdienst! D'Leut schaun scho her zu uns uns, weil mir dauernd ratschen! Also: Pssst!

Louis ist für einen Moment ruhig, verspürt aber dann ein dringendes Bedürfnis.

Louis: Opaaa!
Opa: Wos is denn scho wieder?
Louis: I muss bieseln!
Opa: Ja sag amal! Haltst des ned aus, bis de Mettn aus is? Dauernd fallt dir wos anders ei! Des haltst doch no aus, oder?
Louis: Naa, des halt i nimmer aus! I hab doch daheim no an Eistee getrunken, zwei Gläser! Pfirsich!
Opa: Ja Hargottseiten, dann sauf halt ned so viel! Geh schnell ume zum Kirchenwirt und biesl, dann kimmst wieder!
Louis: *Schockiert:* Alleine?
Opa: No geh, des wirst doch alloa schaffa! Du bist doch scho sieben Jahre alt!
Louis: Aber da Kirchenwirt hat an Hund!
Opa: Ja und?
Louis: Der is voll böse! Der hat amal den Krumpler Hansi gebissen! I trau mi da ned alleine vorbeigehen an dem Hund!
Opa: *Entnervt:* Dann kimm, dann geh i mit! Wos muass aa der Hanswurscht an Hund hom!

Ein grantiger Opa und ein mit Eistee gefüllter Enkel verlassen unter den vorwurfsvollen Blicken vieler Kirchenbesucher das Gotteshaus und begeben sich zum neben der Kirche gelegenen Kirchenwirt. Nach einigen Minuten kommen sie zurück und zwängen sich wieder in die vierte Reihe, erneut werden ihnen unweihnachtliche Blicke zugeworfen. Inzwischen hat das Krippenspiel begonnen. Die heilige Familie befindet sich bereits vor dem Altar, gerade kommt von hinten ein Schaf und nähert sich zaghaft der Krippe.

Louis: *In Richtung Schaf:* Linus!

Das Schaf reagiert nicht und bleibt vor der Krippe stehen. Es ist schlecht erkennbar, um wen es sich handelt, da das Gesicht schafartig geschminkt ist.

Louis: *Lauter:* Liiinuuus! *Das Schaf reagiert in keinster Weise, denn es ist nicht Linus, sondern Chantalle. Linus ist erst Schaf Nr. 3, was aber Louis nicht weiß.* Liiinuuus, i bins, da Louis! Kennstmi ned? *Winkt.*

Während Louis verzweifelt versucht, die Aufmerksamkeit des vermeintlichen Linus auf sich zu lenken, kommt von hinten ein anderes Schaf an die Krippe. Louis sieht es und meint, das ist nun sein Freund. Er ist es aber wieder nicht.

Louis: *In Richtung Schaf Nr. 2:* Ach da bist du, Linus! I hab gemeint, du bist des andere Schaf.

Opa: Louis! Jetza lass halt amal de Schof in Ruah! De miassn sich aaf des Krippenspiel konzentriern! Dauernd fragst du irgendwos! A Ruah is jetza! Lass den Linus sei Schaf spieln und aus!

Schaf: I bin ned da Linus! I bin da Kevin Bock!

Opa: Do segstas! Des is gar ned da Linus! Des is da Bock!

Schaf: Da Linus is erst des nächste Schaf!

Sowohl Pfarrer als auch etliche Kirchenbesucher in den ersten Reihen fühlen sich durch Louis' ständige Fragerei gestört und werfen ihm vorwurfsvolle Blicke zu, was diesen aber nicht stört. Auch der Opa erntet Kopfschütteln, da er seinen Enkel offenbar nicht im Griff hat. Im Gegensatz zu Louis stört den Opa das sehr.

Opa: Etza hostas selber ghört, da Linus is erst des nächste Schaf! Und jetza bist staad, und zwar sofort! Schau dir des Krippenspiel an, dass du wos lernst! Des is doch interessant wia des damals war vor über 2000 Jahren, mit dem Jesus und so! Do is doch des Schaf völlig wurscht, rein historisch. Dassd etza du dermaßen verbohrt bist mit dem Schaf!

Louis: Weils mei bester Freund is!

Opa: Psssst!

Louis ist kurz ruhig, aber das nächste Unheil naht in Form des dritten Schafes. Als Louis es erblickt, kennt er kein Halten mehr.

Louis: Linus! I bins! Da Louis! Hallo! *Steht auf und winkt dem Schaf begeistert zu.*

Linus: *Verlegen:* Hallo!

Opa: So, des wars! Etza habts eich begrüßt und jetza is der Fall erledigt! Louis, du bist jetza ein für allemal staad und du, Linus, du sagst nimmer „hallo“, sondern „mäh“!

Linus: Mäh!

Maria und Josef sind durch das dauernde Gerede völlig abgelenkt und vergessen ihren Text, was vom Pfarrer mit großem Missfallen registriert wird. Man hat das Krippenspiel tagelang geprobt und nun scheint es im Chaos zu enden. Der Pfarrer wird kurz als Souffleur tätig und gibt Maria und Josef die Stichworte für ihren Einsatz, so dass das Krippenspiel, wenn auch verspätet, in Gang kommt. Louis verhält sich vorübergehend ruhig, da er seinen Freund, das Schaf Nr. 3, begrüßt hat. Aber bereits nach wenigen Minuten wird es ihm langweilig und er möchte die Gelegenheit nutzen, dem Opa einige Neuigkeiten mitzuteilen.

Louis: Du, Opa …

Opa: Psssst!

Louis: Du Opa, da Pfranner Nicolas vo meiner Klasse …

Opa: Pssst!!

Louis: Da Pfranner Nicolas, der hod fei scho a Handy!

Opa: Des is doch etza völlig wurscht! Bi halt endlich staad etza! Konzentrier di aaf des Krippenspiel! De spieln so schee und du redst vo dem blädn Handy!

Louis: *Unbeeindruckt:* Des hat ihm fei sei Opa gschenkt!

Opa: Schee bläd!

Louis: Schenkst du mir aa a Handy?

Opa: Heier ned!

Louis: Ha?

Opa: *Lauter:* Heuer nicht! Bist du a Preiß oder wos?

Louis: *Lacht.* Naa, i bin a Bayer! Des weißt du doch, weil du bist a Bayer und da Papa und d'Mama aa!

Opa: Ja scho klar, sei staad etza!

Louis: Wann dann?

Opa: Wos wann dann?

Louis: Wann schenkst du mir dann a Handy?

Opa: *Sehr laut:* Überhaupt ned, wenn du etza ned glei dei Goschn haltst! Etza bi halt endlich amal staad, Himmelherrgottseitn!

Mehrere Kirchenbesucher in der Umgebung blicken sehr böse auf Opa und geben durch „Psssst"-Rufe zu erkennen, dass ihnen seine Lautstärke und Aggressivität nicht passt.

Opa: *Völlig entnervt:* Ihr reds eich leicht, ihr Haumtaucher! I draah no durch mit dem Hundskrippl! Der halt einfach sei Goschn ned! Zerst scho mit dem gschissna Schaf …

Linus: *Weinerlich:* I bin koa gschissns Schaf! *Zum Pfarrer:* Herr Pfarrer, gell, i bin koa gschissns Schaf?

Pfarrer: Nein Linus, das bist du nicht! Du bist ein schönes Schaf! *Zum Opa:* I glaube, es wäre besser, wenn Sie gehen würden! Mit Ihren ständigen Unterhaltungen stören Sie doch sehr! Die Kinder bemühen sich, ein schönes Krippenspiel aufzuführen und Sie stören dauernd! Das haben die Kinder nicht verdient!

Opa: *Außer sich:* I? I stör überhaupt ned! *Deutet auf Louis.* DER stört! Mit seiner andauernden Fragerei! Meiner Lebtag geh i mit dem in koa Kircha mehr. Liaba hau i fünf Ster Holz, bevor i mit dem no irgendwo higeh! Des is ein Wahnsinn! *Packt Louis am Arm und zerrt ihn aus der Kirchenbank.* Hoam und zwar sofort!

Die beiden verlassen unter den teils schadenfrohen, teils erschütterten Blicken der Mettenbesucher die Kirche, Schaf Linus verabschiedet seinen Kumpel noch mit einem „Servus, Louis". Dann kann das Krippenspiel ungestört weitergehen. Zuhause angekommen, werden sie von der Mama von Louis begrüßt. Sie wundert sich, dass sie schon zurück sind.

Mama: Seids ihr scho da? Is de Kindermette scho aus?

Louis: Naa, de is no nicht aus! Aber der Herr Pfarrer hat gesagt, mir sollma lieber scho gehen!

Mama: *Verwundert:* Da Herr Pfarrer hat des gsagt? Wieso?

Louis: Weil der Opa immer so laut geredet hat!

Mama: Waaas? Papa, wieso hast denn du so laut geredet? Da bist fei koa guats Beispiel fürn Louis! In da Kirche muassma doch staad sei!

Opa: *Bedrohlich, leise:* Irgendwann derschlag'en!

Früher hat man, wenn man jemanden anrufen wollte, dessen Nummer wählen müssen – wohl oder übel, denn die Möglichkeit, Nummern einzuspeichern, gab es damals für Normalsterbliche noch nicht. Das war zwar anstrengender als heutzutage, aber es hatte auch einen nicht zu unterschätzenden Vorteil: Es konnte kaum vorkommen, dass man jemanden anrief, den man gar nicht anrufen wollte!
In der heutigen modernen, digitalen Welt hat man alle gängigen Nummern eingespeichert, man scrollt einfach auf die entsprechende Zeile, drückt auf den grünen Hörer und schon wählt das intelligente Telefon die gewünschte Nummer. Und was das Bemerkenswerte ist: Das Telefon vertippt sich nicht beim Wählen, denn es ist schlauer als der Mensch, zumindest was das betrifft! Soweit, so bequem!
Wenn man aber in der allgemeinen Hektik und vor allem in der besonderen Hektik der Weihnachtstage die falsche Zeile erwischt und dann auf den grünen Hörer drückt, dann kann es peinlich werden – vor allem dann, wenn man nicht merkt, dass man den falschen Gesprächspartner an der Leitung hat! So erging es auch dem kleinen Georg, von allen liebevoll „Schorschi" genannt. Er wollte sich bei der lieben Tante Fanny für das Weihnachtsgeschenk bedanken, das sie ihm aus dem fernen Straubing geschickt hatte: Einen flauschig weichen, warmen, baun-weiß gemusterten Pullover für die kalte Jahrezeit!
Versehentlich erwischte er aber die falsche Zeile im Telefonspeicher und rief Tante Frieda an, die nach der Logik des Alphabets eine Zeile unter Tante Fanny eingespeichert war. Tante Frieda hatte ihm dummerweise auch etwas zu Weihnachten geschenkt: Einen Hamster, ebenfalls braun und weiß gemustert und ebenfalls flauschig-weich, nur im Gegensatz zum Pullover lebendig. Sie hatte ihn am Tag vor den Heiligen Abend vorbeigebracht, in einer kleinen Schachtel. Schorschi hatte dies gar nicht mitbekommen, da er beim Schlittenfahren war. Am Abend der Bescherung stand der Hamster unter dem Christbaum, in einem kleinen Käfig, den Schorschis Mama schnell noch besorgt hatte. Daneben lag, in schönes Weihnachtspapier eingewickelt, der Pullover von Tante Fanny.
Aber genug der Vorworte, hören wir uns an, wie es gelaufen ist, als sie miteinander telefonierten,

Schorschi und die falsche Tante

Tante: Ja? Hallo?

Schorschi: Tante, bistas du?

Tante: *Misstrauisch:* Wer is denn do dran? Is ebba des a Enkeltrick! I ruaf fei sofort d'Polizei o, wenn des a Enkeltrick is! Außerdem hob i koa Geld ned, a bissl an Schmuck scho und Wertpapiere! Und mei PIN-Nummer sog i dir aa ned!

Schorschi: Naa Tante, i bins, da Schorschi! Dei Neffe, ned dei Enkel!

Tante: *Erfreut und beruhigt:* Ja, da Schorschi! Aso a Freid, griaßde Schorschi! Frohe Weihnachten!

Schorschi: Danke, dir aa!

Tante: Dankschön, Schorschi, dankschön! Und? Habts gestern schee den Heiligen Abend gfeiert?

Schorschi: Ja, scho. Zerst hamma a Fondue gessn mit Kraut, dann is Bescherung gwen, dann hamma da Papa und i den Loriot am Fernseh ogschaut und d'Mama hod auf der Couch gschlaffa, weils an Rotwein trunka hat.

Tante: Ah geh? Hods so viel Rotwein trunka, dass glei eigschlaffa is?

Schorschi: Naa, gar ned viel, bloß oa Halbe! Also zwoa Schoppen praktisch!

Tante: Aha! Und? Hod dir's Christkindl viel bracht?

Schorschi: *Neunmalklug:* Taaante! I woaß doch, dass des Christkindl ned gibt! I bin doch scho neun Jahre alt, i hab doch heuer scho Kommunion!

Tante: *Seufzt:* Mei, wia de Zeit vergeht! Do sollma ned alt werden! Hod der scho Kommunion!

Schorschi: I wollt mi bloß bedanken bei dir für des schöne Geschenk!

Tante: Mei, des is owa nett vo dir! Hod er di gfreit?

Schorschi: Scho, gscheit gfreit! Der is so schön weich und flauschig!

Tante: Gell! So richtig zum Kuscheln!

Schorschi: Ja genau!

Tante: Und von da Größe her? Passt er dir so? Weil es hat da größere geben und kleinere, woaßt! Da gibt's verschiedene!

Schorschi: Jaja, passt scho! I bissl größer wenn er waar, dann waar's ideal, hat d'Mama gsagt. Owa bloß a bissl, eigentlich passt er so, wia er is! Und de Farbe is schön!

Tante: Des mit da Größe is überhaupt koa Problem, weil der wachst ja no!

Schorschi: *Verblüfft:* Ehrlich? Wachst der no?

Tante: Jaja, aaf jeden Fall! Also riesengroß wird er natürlich ned, owa a bissl wachst er aaf jeden Fall no! Des konnst da Mama ruhig sagen!

Schorschi: Ja, des sag i ihr. Da wird's bestimmt schauen, weil normal wachsen ja de nimmer.

Tante: Dochdoch, a bissl aaf jeden Fall!

Schorschi: Super! Owa woaßt wos, Tante: Wennman anlangt, dann juckts a bissl! I hab gestern mit der Hand so drübergstricha, hats mi fei glei gjuckt!

Tante: *Erstaunt:* Wirklich? Also des wundert mi jetza fei scho. Weil i hobna extra untersuchen lassen, ob er frei is von Parasiten!

Schorschi: Von was?

Tante: Parasiten! Milben oder Flöhe oder Zecken, so ekelhafte Viecher halt!

Schorschi: *Besorgt:* Und? Is er frei?

Tante: Jaja, alles sauber! Drum wunderts mi, dass du an Juckreiz ghabt hast, wia du eam gstreichelt hast!

Schorschi: Mei, wos hoaßt gstreichelt – i bin halt mit da Hand so drübergstricha und dann hats mi gjuckt!

Tante: Mei, vielleicht bist a bissl allergisch, owa des gibt sich mit der Zeit! Du wirst di scho an eam gwöhnen! Parasiten hod er jedenfalls ned, des hod mir da Tierarzt bestätigt!

Schorschi: *Verwundert:* Da Tierarzt? Warst du damit beim Tierarzt?

Tante: Jaja, do geh i aaf Nummer sicher! I will eich doch mit mein Weihnachtsgeschenk koane Zecken oder sunstwos ins Haus bringa! Des waar mir furchtbar peinlich!

Schorschi: Des stimmt, des waar nix! Owa d'Mama hodna heit vormittag eh scho gwaschen! Weil sie hod gsagt, dann is wahrscheinlich aa des mit dem Jucken weg. Des is nämlich oft aso, dass so flauschige Sachen ganz am Anfang jucken und dann muassmas bloß waschen, dann juckens nimmer!

Tante: *Skeptisch:* Gwaschen hodna d'Mama heit scho? Ja, warum heit scho? Hod er recht gmuffelt oder wos?

Schorschi: Naa, gmuffelt hat er ned! Owa d'Mama macht des immer aso: Wenn irgendwos neu is, dann wascht sie des sofort!

Tante: *Argwöhnisch:* Ja, und wia hodsna genau gwaschen? Im Waschbecken? Oder hods a kloane Schüssel hergnommen?

Schorschi: Naa, doch ned im Waschbecken oder so! In der Waschmaschine hatsna gwaschen! Mir hamm doch a Waschmaschine!

Tante: *Schockiert:* Woooos??? In da Waschmaschine? Der halt doch des ned aus! Do is der doch nach fünf Minuten hi!

Schorschi: Naa, der war ned hi! D'Mama hat eam aa im Schonwaschgang gwaschen, weil sie hod gsagt, bei so empfindliche Sachen kann man nie wissen!

Tante: Ja, um Himmels Willen! Und? Hodas überlebt?

Schorschi: Scho!

Tante: Und wo is er etza?

Schorschi: Er hängt draußen aaf da Terrasse am Wäscheständer. Weil d'Mama hat gsagt, heit is so a schöner sonniger Wintertag, da kannma ruhig was aussehänga! Weil Kälte und Sonne san guade Trockner, hats gsagt! Des kann zwar sein, dass eam an Anfang a bissl gfriert, owa die Sonne taut des wieder auf!

Tante: *Immer beunruhigter:* Des mag scho sei, owa der halt doch des ned aus! Den wenns a bloß a bissl gfriert, des is doch dem sei sicherer Tod! So extreme Temperaturen halten de doch niemals aus!

Schorschi: Doch! Mei Freind, da Rururer Rudi, der hod aa oan, owa an schwarzen. Der hat den amal a ganze Stund in kochendem Wasser auskocht, weil eam so graust hat, weil er ihm in d'Odelgrube einegfalln is und weil er dann so gestunken hat. Und der war dann danach aa no voll guat!

Tante: Ja sag amal, seids ihr lauter Irre? Mi wunderts ja, dass der überhaupt de Waschmaschine überlebt hod! War er do echt no in Ordnung, wia d'Mama eam aus da Waschmaschine außa hod?

Schorschi: Ja, ganz bestimmt! I habna selber gseng! Er war zwar nimmer so flauschig, aber d'Mama hat gsagt, des hängt sich scho wieder aus, weil des is ja a Naturprodukt!

Tante: Wahnsinn! I mach mir echt Sorgen um eam!

Schorschi: Des brauchst du ned, Tante! D'Mama hodna ja gestern Abend scho ausghängt, bevor dass sie eingschlafen is!

Tante: Gestern scho? Wia moanst des? Ausghängt?

Schorschi: Ja, weil er war ja total verknittert!

Tante: *In angstvoller Ahnung:* Verknittert war er? Warum verknittert?

Schorschi: Ja, wegen dem Papa!

Tante: Wegen dem Papa? Wos war nacha mitm Papa?

Schorschi: Es war so: I hab dei Gschenk auspackt aus dem Papier …

Tante: Aus dem Papier? War der ned inana Schachtel drin oder in an Käfig?

Schorschi: *Lacht.* Schachtel oder Käfig? Also du bist vielleicht lustig, Tante! Naa, d'Mama hat den in a schönes Papier eingwickelt und da war a Zettel dran und da is obengstanden: „Für Schorschi". Und i hobna dann auspapierlt und hab mi gfeit. Aber i hab ja die andern Geschenke aa no auspacken müssen und hab eam derweil aaf d'Couch glegt.

Tante: Einfach so?

Schorschi: Ja freilich!

Tante: Und dann?

Schorschi: Dann habi de anderen Geschenke auspackt und dann is da Papa vom Bieseln zruckkema und hat gsagt „mein lieber Schieber, bin i voll von dem Fondue"! Und dann hat er sich wia ein Sack aaf de Couch plumsen lassen, genau aaf dei Gschenk!

Tante: Um Himmels Willen! *Bekreuzigt sich vor lauter Schock.* Des halt doch der nie aus!

Schorschi: Doch, des hat da Papa leicht ausgehalten! Weil dei Geschenk war ja weich und flauschig!

Tante: Des is doch mir wurscht, ob dei Papa des ausghaltn hod! Mit geht's darum, ob mei Gschenk des ausghaltn hod! Wos seids denn ihr für Grobiane!

Schorschi: Wieso Grobiane?

Tante: Mit so einem Gschenk gehtma doch zarter um! Draufsetzen, in da Waschmaschine waschen, aaf da eiskalten Terrasse über den Stuhl hänga, des is doch a Wahnsinn alles!

Schorschi: Da Dimpler Dieter hat vo seiner Tante aa amal oan kriagt, der hat eam gar ned gfalln, weil der war so langweilig grau! Den hamms dann in den Altkleidercontainer gschmissn! Owa sie hamms da Tante ned gsagt, weil de hods ja guat gmoant!

Das Gespräch ist beendet, denn Tante Frieda hat erzürnt aufgelegt.

Ich habe mich in einem meiner früheren Bücher schon mal mit dem Thema „Weihnachtskarten schreiben" beschäftigt. Und ich habe mich auch schon öfter mit dem Thema Gesundheit beschäftigt. Wenn ich mich bei Freunden, Bekannten und Verwandten so umhöre, welche Zipperlein sie plagen, was sie nicht essen dürfen, nicht essen wollen oder nicht vertragen, dann habe ich direkt ein schlechtes Gewissen, weil mir nach wie vor so gut wie alles schmeckt und bekommt, mal abgesehen vom übermäßigen Alkoholgenuss – da war die Verträglichkeit früher besser. Gerade um die Weihnachtszeit, speziell am Hochfest der Geburt Jesu spielt ja der kulinarische Aspekt eine nicht unwesentliche Rolle. Allerlei Köstlichkeiten werden da aufgetischt, in großer Auswahl und meist in zu großer Menge. Ich habe mir gedacht, man könnte doch beim Schreiben der Weihnachtskarten etwas Gutes tun und die gefährdeten Mitmenschen vor den Gefahren der Völlerei warnen. Rudi, ein Menschenfreund und Nebenerwerbsdichter, hat dies getan! Und er ist stolz auf seine adventlichen Grüße, die den Empfängern helfen sollen, die Feiertage verdauungsmäßig gut zu überstehen. Schauen wir uns an, was ihm eingefallen ist zum Thema

Gesunde Weihnachten

Rosi: Warum grinst denn so zufrieden, Rudi?

Rudi: Weil i zufrieden bin!

Rosi: Des gfreit mi! Mit wos bist nacha so zufrieden?

Rudi: Mit mir!

Rosi: Mit dir? Und warum?

Rudi: Weil i heier lauter gsunde Weihnachtskarten gschriem hob!

Rosi: Ha? Gsunde Weihnachtskarten? Wos san nacha gsunde Weihnachtskarten?

Rudi: Des is ned da übliche Krampf, den wos jeder schreibt, so „Frohes Fest" oder so, sondern des san individuelle Tipps, wiama d'Feiertage guad übersteht, rein gsundheitlich! Und wos da Hammer is: Alles reimtse! Weil i hob doch do a Begabung! De hob i vo mein Vater! Der hod aa gern greimt, wenns passt hod! Zum Beispiel wia da Feierwehrkommandant gstorm is, hod er da Witwe a ganz a tröstli-

che Trauerkarte gschriem, in Reimform! Do is dringstanden:
Jahrzehntelang stand er am Schlauch,
verpufft ist jetzt sein Lebenshauch!
Er hat oft gefroren, oft geschwitzt,
nun hat es sich ausgespritzt!
Und ist im Himmel mal ein Brand,
kommt er ganz gwiss angerannt,
zum Löschen jederzeit bereit,
von nun an bis in Ewigkeit!
Is des ned super?

Rosi: Naja, i woaß fei ned – ob des so tröstlich is für die Hinterbliebenen?

Rudi: Hundertprozentig!

Rosi: I hab do meine Zweifel, owa is jetza egal. Wos hast denn nacha für gsunde Weihnachtskarten gschriem?

Rudi: Zum Beispiel an Onkel Kurt – der hod doch scho seit Jahren des Problem, dass er zu Süßigkeiten ned „Nein" song konn! Und grad in da Weihnachtszeit mit de ewigen Plätzln, do is des ganz problematisch. Er hod dann allaweil a schlechts Gewissen, weil er wieder aso eineghaut hod und weil er sich kaam no rührn konn. Und mei Kartn soll eam helfa, dass er sich beherrscht. Dann hod er viel angenehmere Feiertage!

Rosi: Also, do bini gspannt, les vor!

Rudi: Feierlich, stolz:
Lieber Onkel Kurt,
zu viel essen ist nicht guat!
Von der ganzen süßen Pampe
kriegt man eine Riesenwampe!
Plätzchen, Stollen, Magenbrot,
warn für manchen schon der Tod!
Und du bist ja schon vorm Apfent
aufgebläht und korpulent,
darum mein weihnachtlicher Rat:
Iss keine Gans, sondern Salat!
Und, wos sagst?

Rosi: Also, i woaß fei ned! Versaust du eam do ned des ganze Weihnachten, wenn du dermaßen plump aaf seine Gewichtsprobleme rumreitst? Also charmant is des gar ned!

Rudi: I schreib ja ganz zum Schluss no „Frohes Fest“ hi!

Rosi: Des reißts aa nimmer außa!

Rudi: I find scho. Dein Papa hobi aa a gsunde Weihnachtskarten gschriem, ganz kurz, im Telegramstil!

Rosi: Im Telegramstil? Da bini gspannt, les vor!

Rudi: Ok! Also:

Lieber Schwiegerpapa Hans,
ewig lockt die Weihnachtsgans!
Iss sie nicht,
denk an dei Gicht!

Rosi: Und? Weiter?

Rudi: Des wars! Damit is alles gsagt!

Rosi: Ach geh! Des is doch koa Weihnachtsgruß, des is a Schmarrn! Da versaust eam doch die ganze Weihnachtsfreid! A Weihnachtsgruß, der soll doch positiv sei!

Rudi: Hm … da hast aa wieder recht, des Positive, des fehlt! Des muass i no irgendwie einearbeiten … hm, wos Positives … wos Positives! Jetza habes, i schreib no zwoa Zeilen dazua und zwar:

Iss a Pute,
alles Gute!

Rosi: Iss a Pute, alles Gute … also i woaß ned – des is scho sehr dürftig!

Rudi: Noja, sooo dürftig is a Pute aa wieder ned!

Rosi: I moan doch ned de Pute, i moan dein Reim!

Rusi: Owa er is positiv! Des passt scho! *Drohend:* Wenns dir ned passt, dann muasst halt du de Weihnachtskarten schreim.

Rosi: Naa, um Gottes Willen! Mir fallt doch überhaupt nix ei! I moan ja bloß – ob des a guade Idee is mit deine Gesundheitskarten!

Rudi: A Superidee is des! Des is amal wos anders als der übliche Schmarrn, den jeder schreibt! Für d’Tante Edelgard hob i zum Beispiel wos ganz Guats! Do wirst spitzen!

Rosi: Für d’Tante Edelgard? Hoffentlich wos Sensibles, de is doch dodal fertig, weil kurz vor Allerheiligen ihra Katz gstorm is! An dera is sie doch dermaßen ghängt! Es is scho a Kreiz, seit 10 Jahren is Witwe und etza des aa no!

Rudi: Natürlich wos Sensibles, i bin doch koa Grobian ned! I bin sogar aaf des Dilemma mit da Katz einganga! Und des sag i dir: Die Verbindung zwischen Katzentod und Gsundheit herstellen, des is ned einfach, do muassma scho kreativ sei! Und reimen sollsase ja aa no! Owa mir is wos gelungen, weil mi die Muse geküsst hod!

Rosi: Die Muse hod di geküsst? Etza machst mi direkt neigierig! Also, les vor, wos dir die Muse eingeben hat!

Rudi: Feierlich:

Liebe Tante Edelgard,
ach, wie ist das Leben hart!
Vor zehn Jahren starb dein Schatz
und jetzt auch noch deine Katz!
Man möchte meinen,
das ist zum Weinen.
Doch sei frohen Mutes,
es hat auch etwas Gutes!
Du hast Ruhe an den Feiertagen,
keiner hat dir was zu sagen.
Machs dir gmiatlich und recht schee,
ohne Katzenhaare am Kanapee.
Und kaaf dir nächstes Jahr an Hund,
weil des is gsund.
Geh mit ihm spaziern im Trab
Dann nimmst ab!
Und bei deinem Gwicht
schadet dir das nicht!

Und, wos sagst?

Rosi: Naja, geht scho.

Rudi: Geht scho! Wos hoaßt geht scho – des is poetisch und des is tröstlich! I hob a Stund an dem Weihnachtsgruß gefeilt! Und dann „geht scho"! Des hättst du nie hikriagt, des sog i dir!

Rosi: Des stimmt allerdings. Na guat, wennst moanst, dann schickma ihr halt de Kartn. Hast no oane gschriem?

Rudi: Zwoa no! Owa des san kürzere, weil bei denen hod mi die Muse ned so geküsst wia bei da Tante Edelgard. Beziehungsweise a ganz a kurze und a mittlere.

Rosi: Wem hast nacha no oane gschriem?

Rudi: Mein alten Schulkameraden, dem Wunzinger Fred! Dem sei Kartn is owa eher lustig, weil der versteht an Gspoass!

Rosi: Wia kimmst jetza akkrat auf den Wunzinger Fred?

Rudi: Weil der mir letzts Jahr ganz plötzlich und unerwartet aa oane gschriem hod und weil de aa lustig war!

Rosi: Do kann i mi gar ned erinnern, wos hod er dir denn gschriem letzts Weihnachten?

Rudi: **Lieber Rudi, recht viel Glück**
und halt dich beim Essen zrück!
Denn mit Plätzchen, Gans und Nüssen
hat es manchen schon zerrüssen!

Rosi: Naja, lustig is für mi wos anders! I daad song, des is eher derb, um nicht zu sagen gschert!

Rudi: Mei, da Fred is aso, kennstna ja! Der moant des ned bös! Owa wia gsagt, i hob heier a Retourkutsche für eam und zwar kurz und bündig:
Es fällt der Schnee, die Kerzen brennen,
die Kinder um den Christbaum rennen,
einer rennt nicht, der ist zu schwer,
nämlich mein Freund Wunzinger!
Originell, gell?

Rosi: Eher bläd, owa mei, des is scheinbar Männerhumor.

Rudi: Genau, do habts ihr Frauen koa Verständnis für de Feinheiten der männlichen Ironie!

Rosi: Naa, de hob i ned. Und wo in dem Gedicht de Feinheiten sei solln, des is mir a Rätsel. Owa wennst moanst, dann schreib eam des! Wem hast denn nacha no a Kartn gschriem?

Rudi: Dir!

Rosi: *Erfreut:* Mir?

Rudi: Ja, dir!

Rosi: Zum Thema Gesundheit?

Rudi: Ja freilich! I hab heier nur gsunde Karten gschriem. Wobei, in deiner Weihnachtskarte gehts eher um mei Gsundheit und ned um de deine.

Rosi: Um dei Gsundheit?

Rudi: Genau, und um Weihnachten, speziell um den Heiligen Abend. Vom kulinarischen Aspekt her.

Rosi: Ich ahne scho, dass des a Schmarrn is, owa les vor!

Rudi: *Grinsend:*
Frohes Fest, mein lieber Schatz
...

Rosi: *Errötend:* Ja Ruuudi! Schatz host scho lang nimmer gsagt zu mir!

Rudi: Gell, do schaust! Es geht no weida! Also, i fang noml o:
Frohes Fest, mein lieber Schatz,
hier zum Weihnachtsmahl ein Satz:
Spare dir doch bitte die Müh
mit Raclette und mit Fondue,
denn das ist kein festliches Gericht
und außerdem schmeckt es mir nicht!
Mach heuer lieber Mettenwürscht
und kauf ein Weißbier, falls mich dürscht!
Dann bin ich rund und gsund und froh
und du hast länger einen Mo!
Lausbübisch: Und? Wos sagst?

Rosi: *Gütig lachend:* Frohe Weihnachten, du bist und bleibst a Depp! Owa mei Lieblingsdepp!

Digitaler Wahnsinn

Oma: Jamei, habts ihr an scheena Christbaaam!

Enkel: Gell Oma, der is schee!

Oma: Wunderbar!

Enkel: Und stell dir vor: I hobna aaf Facebook gepostet und hob scho 121 Likes! Seit gestern!

Oma: Wos?

Enkel: 121 Likes hob i scho! 115 mit Daumen hoch und 6 mit Herzerl! Owa mit Herzerl is bei an Christbaam eigentlich a Schmarrn.

Oma: I versteh di ned. Wos host du gmacht?

Enkel: *Langsam und deutlich:* I hob a Foto gmacht vo unserm Christbaam.

Oma: Aha!

Enkel: Klar soweit?

Oma: Jawoll, a Foto host du gmacht.

Enkel: Genau, vom Christbaam!

Oma: Und dann?

Enkel: Dann hob i des Foto ins Facebook eingestellt.

Oma: Wo hostas einegstellt?

Enkel: Ins Facebook!

Oma: Wo is nacha des?

Enkel: Hm ... wia soll i dir des erklärn? Des is eigentlich im Computer drin.

Oma: In dein Computer is des drin?

Enkel: Ja genau!

Oma: Und do host des Foto einegestellt vom Christbaam?

Enkel: Ja genau!

Oma: Wia host denn du des gmacht? Host du den Computer aufgschraubt?

Enkel: Naa, doch ned aufgschraubt! I hob ja des Foto bloß am Handy ghabt, ned in echt.

Oma: Aha! Des versteh i mit dem Handy, weil des hob i scho amal gseng! Do hod da Herr Pfarrer a Foto vo uns gmacht, wiama am Seniorenausflug warn und dann wars in sein Handy drin und dann hoda uns des Foto zoagt in sein Handy drin.

Enkel: Genau!

Oma: Ja, und wia host du dann des Foto in dein Computer einebracht?

Enkel: Des geht ganz einfach. USB-Kabel ans Handy angsteckt, de ander Seitn am Computer und zack, scho is des Foto am PC!

Oma: Ja, um Himmels Willen! U Essbe, wos isen nacha des scho wieder?

Enkel: Des hoaßt halt aso, des is a Kabel, mit dem konnma elektrische Bildln vom Handy in den PC einedua.

Oma: Du host doch gsagt, am Computer. Und jetza sagst Peze!

Enkel: Des is des Gleiche, man sagt halt PC zum Computer.

Oma: Achso, ja dann. Und weida?

Enkel: Dann geht's ganz einfach: Du gehst aaf dein Facebook-Account ...

Oma: Wo geh i hi?

Enkel: Des is etza schwierig ... hm ... des is aso a Art Schaufenster, wo alle eineschaun kinnan.

Oma: Alle?

Enkel: Weltweit!

Oma: In dein Computer? A geh, des gibt's doch gar ned, de passen ja gar ned in dei Zimmer eine!

Enkel: De brauchen doch ned alle zu mir kema und in mein Computer eineschaun!

Oma: Ned?

Enkel: Naa, weil i hob ja des Foto geteilt!

Oma: *Erschrocken:* Hostas zrissn? Und jeder kriegt a Finkerl davo?

Enkel: A wos?

Oma: A Schnipsel! Do hodma früher Finkerl gsagt! Owa des hilft ja sowieso nix, do erkenntma ja den scheena Christbaam nimmer!

Enkel: Naa, doch ned zrissn! Man konn doch a digitales Foto ned zreißn! Weil des gibt's ja gar ned in echt, des is ja bloß elektrisch!

Oma: Etza kenn i mi gar nimmer aus. Wia hostas denn dann teilt, des Foto, wennstas ned zrissn host?

Enkel: Teilen bedeit, dassma des mit andere teilt, dass des andere aa oschaun kinnan. Wenn des Foto im PC drin is, dann konnmas ins Facebook einedua …

Oma: Ins elektrische Schaufenster?

Enkel: Genau, ins elektrische Schaufenster! Do drucktma dann aaf an Knopf, wo durtsteht „teilen", und dann kinnan alle meine Freunde aaf da ganzen Welt des Foto oschaun!

Oma: Host du Freunde aaf da ganzen Welt?

Enkel: Im Facebook scho!

Oma: San de aa bloß elektrisch? Oder san de echt?

Enkel: Echt sans scho, owa i kenns bloß elektrisch, manche kenni i echt.

Oma: *Grinsend:* Host nacha Freindinnen aa, du Schlawiner?

Enkel: Mehrere! Umara 150!

Oma: Lauter elektrische?

Enkel: Eigentlich scho, owa wia gsagt, de gibt's scho in echt, owa i kenns halt bloß elektrisch.

Oma: Des war halt früher anders! I hob zwar bloß oan Freind ghabt, owa der war wenigstens echt. *Seufzt selig in Erinnerung:* Aaf da andern Seitn: Wenn er mir a Busserl geben hod, dann hods mi direkt elektrisiert! Also a bisserl elektrisch war er scho!

Enkel: Do schau her! Wos is denn worden aus dein Freind?

Oma: Dei Opa is draus worn!

Enkel: Achso! Hostan glei gschnappt?

Oma: No freilich! *Wehmütig:* Owa elektrisch isa nimmer, das war einmal! Owa etza erklär mir des noml: Wos host kriagt? Leis?

Enkel: Leis? Wos für Leis?

Oma: Läuse aaf hochdeitsch! Du host doch gsagt, dass du für des elektrische Bildl vo eierm Christbaam 125 Leis kriagt host.

Enkel: Likes hobi kriagt, ned Leis!

Oma: Wos is nacha des scho wieder?

Enkel: Des is aso: Meine elektrischen Freind schaun des Bildl o vom Christbaam …

Oma: Des elektrische!

Enkel: Genau! Und dann gfallts eahna und dann druckens aaf an Knopf wo omsteht „Gefällt mir“ und des is dann a Like. Und i hob 125 Likes kriagt!

Oma: Des glaub i dir aafs erste Mal! Weil des is a wunderbarer Christbaam! Owa wenn i ganz ehrlich bin: So richtig kapiern dua i des fei ned mit dem Fejsbuck!

Die Mutter des Enkels kommt herein, sie ist zugleich die Tochter der Oma.

Oma: Griaßde Hildegard! Grad sages zum Kevin: So richtig versteh i fei des ned mit sein Fejsbuck!

Mutter: I versteh des aa ned! Dass der als junger Mensch bloß im Facebook is. Weil Instagram und Twitter is doch viel hipper!

Oma: *Frustriert:* Etza geh is Bett!

Klimawandel und Schlittenfahren

Opa: Und, Sepperl? Wars schee beim Schlittenfahrn?

Sepperl: Jaja, war scho schee, Opa! Voll steil war des und total rutschig! Mir samma owa wia d'Sau! A Riesengaudi hamma ghabt! Und gschmissn hods uns und überschlagen, owa des war cool!

Opa: Des gfreit mi, Sepperl! Des gfreit mi, wenns dir gfalln hod! Gscheit dreckig bist worden!

Sepperl: Ja mei, des hod sich ned vermeiden lassen. Owa des is mir egal, weils einfach schee war!

Opa: Damals, wia i a kloaner Bua war, do samma aa Schlitten gfahrn. Und damals, do wars no scheener!

Sepperl: No scheener? Warum no scheener? Habts ihr schnellere Schlitten ghabt?

Opa: Des ned, owa damals is no a Schnee glegen!

Weihnachten – ein Fest der Freunde: Kerzen brennen, Kinderaugen leuchten, alle sind glücklich, weil sie das Fest schon wochenlang herbeigesehnt haben! Alle? Alle nicht, denn für manche ist das Weihnachtsfest ein Horror, der für sie mit dem Tod endet! Der kleine Fonsi hat sich Gedanken darüber gemacht und hat einen Aufsatz geschrieben mit dem rätselhaften Titel

Wem es vor Weihnachten graust

Alle Leute meinen, dass sich jeder auf Weihnachten freut, aber das ist nicht wahr! Ich habe mir überlegt, wer sich nicht freut und das sind einige! Kinder freuen sich schon, denn diese kriegen Geschenke, erst vom Nikolaus ein bisserl was, dann vom Christkind einen Haufen. Da kann es höchstens sein, dass ihnen ein Geschenk nicht gefällt und dann sagen sie „so ein Glump" und sind ein wenig grantig, aber das vergeht wieder. Außerdem haben sie schulfrei, das ist auch nicht schlecht. Erwachsene freuen sich auch auf Weihnachten, weil sie da nicht arbeiten müssen, höchstens die Mama.

Manche Erwachsene, meistens Männer, essen zu viel und dann sitzen sie wie ein aufgeblasener Luftballon im Wohnzimmer, trinken einen Obstler und tuen einen Kopperer, dann wird es ein bisserl besser. Die Frau schimpft dann und sagt, dass ein drumm Kopperer nicht gerade weihnachtlich ist, aber der Mann sagt, das musste sein und gut dass es einen Obstler gibt, sonst hätte es ihn zerrissen. Und die Frau denkt sich „dann lieber einen Kopperer" und schweigt. Und dann schwört der Mann, dass er sich nächstes Jahr zusammenreißen wird beim Essen, aber das ist ein Meineid, denn er tut es nicht. Doch das Luftballongefühl geht auch vorbei und darum freut er sich schon auf das nächste Weihnachten.

Doch es gibt auch Lebewesen, denen es vor Weihnachten graust und das sind zum Beispiel Gänse. Denen geht es an Weihnachten an den Kragen, welcher ihnen umgedreht wird.

Ich verstehe nicht gansisch, aber wenn ich den Opa besuche, der wo einen Bauernhof besitzt, dann höre ich sie im Gänsestall schnattern und dann merke ich direkt, dass sie vor Weihnachten immer nervöser werden, weil sie es ahnen, dass es mit ihnen bald dahingeht. Es hilft dir als Gans gar nichts, wenn du Weihnachten mitfeiern darfst und

wenn sich alle freuen, weil du da bist, aber nur, weil du gut schmeckst und vollgestopft haben sie dich auch noch von hinten!
Den Knödeln und dem Blaukraut geht es genau so, aber sie haben wenigstens keine Gefühle, aber eine Gans schon! Also der Knödel hat bestimmt keine Gefühle, das Blaukraut eventuell ein bisschen, denn es ist ein Lebewesen und weiß, wie schön es draußen auf dem Feld ist neben den anderen Blaukräutern. Der Knödel hat davon keine Ahnung, denn er ist kein Lebewesen und kennt nur die Küche, das Esszimmer und später das Klo, die Natur hat er nie gesehen. Ganz früher vielleicht, aber da war er noch ein Erdapfel.
Aber nicht alle Gänse haben so ein Pech und müssen Weihnachten sterben. Manche sind Duselbauern und werden schon im November geschlachtet, als Martinigans! Dann haben sie es Weihnachten schon überstanden und brauchen nicht mehr so nervös sein wie die lebendigen.
Sie sind dann schon im Gänsehimmel und schauen herab auf ihre Verwandtschaft, die wo geschlachtet wird und denken sich „arme Sau" beziehungsweise „arme Gans". Aber die Gans ist nicht das einzige Lebewesen, dem es vor Weihnachten graust!
Es gibt mehrere, zum Beispiel den Karpfen. Dieser gehört zum Stamm der Fische und man darf ihn nicht mit dem Krapfen verwechseln, der zum Stamm der Gebäcke gehört und im Fasching getötet wird.
Der Karpfen hat das ganze Jahr seine Ruhe und hängt im Weiher ab und chilled und frisst alles. Deshalb ist sein lateinischer Name auch „Sau unter den Fischen". Er fühlt sich wohl wie ein Fisch im Wasser und das ist kein Wunder, denn er ist einer. Aber dann, so umara Oktober, ist es mit der Gaudi vorbei!
Aus dem Weiher wird das Wasser abgezapft und es bleibt nur noch eine dreckige Brühe übrig, in der der Karpfen vor sich hintümpelt. Diese Brühe ist so ekelhaft, dass der Karpfen froh ist, wenn man ihm aus dem Dreg herausfischt. Aber er ist nur froh, weil ihm keiner gesagt hat, dass er nimmer lang lebt, weil er von Beruf ein Weihnachtskarpfen ist. Es hätte auch nichts gebracht, wenn man es ihm gesagt hätte, weil er versteht nix und sagt nix außer „blubb".
Kurz vor Weihnachten merken es die Karpfen dann schon, dass etwas nicht stimmt, weil sie kommen aus dem Bottich heraus und in eine Plastiktüte, weil sie verkauft wurden auf dem Markt. Dann fällt es ihnen wie Schuppen von den Augen, dass hier etwas faul ist, aber dann

ist es zu spät, denn aus einer Plastiktüte ist eine Flucht nicht möglich! Sie wehren sich zwar, indem sie ekelhafte Gräten produzieren, die sich beim essen spreizen, aber den Menschen ist das wurscht, sie würgen den Karpfen trotzdem hinunter.
Doch man muss gewaltig aufpassen, weil die Gräten können zum totalen Verlust der Luftzufuhr führen, wenn es dumm geht! Wenn man erstickt, ist einem das ganze Weihnachten verdorben, denn man ist tot. Der Karpfen denkt sich dann wahrscheinlich „wie du mir, so ich dir“, und eigentlich hat er recht.
Das dritte Lebewesen, dem es vor Weihnachten graust, ist das Schwein. Viele Menschen essen am Heiligen Abend Würste und diese stammen vom Schwein ab – die Würste, nicht die Menschen!
Insbesondere der Mann meiner Mutter, der zufällig mein Vater ist, liebt Würste sehr. Wegen ihm mussten schon viele Schweine sterben, nicht nur an Weihnachten. Aber das ist auch das Gute! Schweine sind es nämlich gewohnt, dass sie dauernd geschlachtet werden und darum sind sie an Weihnachten nicht so schockiert wie zum Beispiel die Gänse oder die Karpfen. So gesehen ist es beim Schwein nicht gar so schlimm, aber angenehm auch nicht.
Die Christbäume sind auch Lebewesen, die sich nicht auf Weihnachten freuen. Sie besitzen nur ein Bein, das Stamm genannt wird. Dieses wird ihnen kurz vor Weihnachten abgesagelt und sie werden aus dem Wald entführt. Aus dem schönen kühlen Wald müssen sie in das Wohnzimmer, wo es ihnen viel zu warm ist. Und es wird noch schlimmer! Man hängt einen Haufen Glump an sie dran, das sie bestimmt nicht leiden können, wie zum Beispiel Christbaumkugeln und Sterne. Und was der Hammer ist: Sie haben keine Wurzeln mehr, weil diese befanden sich am Bein und dieses ist ja abgesagelt! Die Wurzeln brauchen sie zum Trinken und deshalb dürren sie im Wohnzimmer ab. Aus Protest werfen sie ihre Nadeln auf den Boden und die Mama muss sie aufsaugen.
Manche Christbäume sind fast kriminell und fangen aus Protest zu brennen an und dann ist das Wohnzimmer futsch, wenn es dumm geht, sogar das ganze Haus! Der Christbaum ist zwar dann auch futsch, aber das ist es ihm wert.
Das waren im Großen und Ganzen die Lebewesen, denen es vor Weihnachten graust. Ich esse am Heiligen Abend am liebsten einen Döner. Da brauchen die Schweine keine Angst haben, weil mein Vater hat ge-

sagt, da ist kein Schwein drin, sondern ein Lamm. Und weil nur ganz wenige Menschen am Heiligen Abend einen Döner essen, ist Weihnachten für die Lämmer noch human.
Aber sie brauchen sich nicht zu früh freuen, denn es dauert nimmer lang, dann hat es auch sie, nämlich an Ostern! Da werden sie, wenn sie noch klein sind, gebacken und mit Puderzucker überstreut, manchmal sogar mit Schokolade, und heißen Osterlamm. Manche haben Glück und kommen aus und werden dann große Lämmer, die wo man Hammel nennt.
In meine Klasse geht der Freifretter Fritz aus Frieding. Dieser ist wahrscheinlich mit den Hammeln verwandt, denn er bohrt oft in der Nase und schaut dann an, was er erbohrt hat. Und der Lehrer sagt dann zu ihm: „Fritz, du bist und bleibst ein Hammel!"

Silvesterplanung

Sie: Du, Albert, wos duama denn heier an Silvester?

Er: I daad sagen: Schnaufa, sunst erstickma!

Sie: Ah, geh, du allaweil mit dein blädn Späße! Naa, ernsthaft! Wos moanst? Ladma uns wieder a paar Freunde ei und feierma dahoam?

Er: Naa, des is Schmarrn! Dann host du an Haufa Arbeit mit der Kocherei und dera Aufraamerei! Ganz zu schweigen vo dem Geruch, der am nächsten Dog im Wohnzimmer hängt!

Sie: Der Geruch? Wos für a Geruch?

Er: So leicht säuerlich. Irgendwer hod letzts Jahr dermaßen gschweißelt, des war da Wahnsinn!

Sie: Wer nacha?

Er: I hobs ned hundertprozentig außakriagt, wer des war, owa irgendwer wars.

Sie: Vielleicht du, weil du host ziemlich gschwitzt!

Er: Moglich. Owa abgesehen davon, mir miassma doch ned jeds Jahr die Deppen macha, oder? Soll uns wer anderer einladen, dann gema hi!

Sie: Wer denn?

Er: Keine Ahnung, irgendwer wird sich scho opfern! Schauma, wer uns einlad, und wenns passt, dann gema hi. Owa auf keinen Fall wieder zu ebbern, der frisch operiert is!

Sie: Wieso?

Er: Du hast des ned mitkriagt, weil du am Weibertisch gsessn bist, owa des war vor drei Jahrn a Katastrophe beim Konrad. Der hod doch damals Anfang Dezember a neie Hüftn kriagt. Und der hod uns vo achte bis kurz vor zehne vo da Operation erzählt, i hob gmoant, i drah durch! Nach dem dritten Weißbier war er dann direkt enthemmt und hod uns sei Narbe zoagt! Do kimmt keine Stimmung aaf, des sog i dir!

Sie: Des hob i gar ned mitkriagt.

Er: Scho klar, weil du bist ja am andern Tisch gsessn. Ihr habts a Riesengaudi ghabt mit Prosecco und Weißweinschorle, owa mir hamm uns den OP-Bericht oschaun miassn und de Narbe! Am liebsten waar i hoamganga, owa des konnst ja aa ned macha an Silvester! I hob mir bloß denkt, hoffentlich is glei zwölfe, dann stoßma an aaf des neie Jahr und dann nix wia hoam!

Sie: Dass du mir des ned erzählst host.

Er: I hobs ehrlich gsagt vergessen, weil i hob dann etliche Bluatwurz trunka, dass i dem Konrad sei Operation besser verkraft. Aaf jeden Fall gema zum Konrad nimmer! Heier sowieso ned, weil er is doch am Faschingsdienstag ausgrutscht und er is am Fuaß operiert worn! Dann kinnma uns den Schmarrn wieder ohörn!

Sie: Des versteh i voll! Naa, zum Konrad gema auf keinen Fall! Mir kanntma natürlich aa amal ganz intim zum Essen geh, bloß mir zwoa! Da Unterwirt hod doch letzts Jahr a Silvestermenü ghabt, 6 Gänge für 60 Euro, des waar doch wos, oder? Der bietet heier bestimmt aa wieder sowos an.

Er: 60 Euro? Des is ganz schee happig, des san 30 Euro pro Nase!

Sie: De 60 Euro san pro Person! Du kriagst doch in der heitigen Zeit um 30 Euro koa 6-Gänge-Menü!

Er: Ja mi host ghaut! Dann is des neie Jahr ned amal oan Dog alt und scho san 120 Euro hi!

Sie : Jamei, Silvester is bloß oamal im Jahr!

Er: Do host aa wieder recht! Woaßt wos, dann machma des, weil dann samma aaf da sicheren Seitn! Wenn dann a Einladung kimmt von an frisch Operierten, dann kinnma song, dass mir scho verplant san!

Sie: Guat, dann ruaf i beim Unterwirt o und reservier an Tisch für zwei!

Er: Genau, dua des!

Sie: Ok, i suachma glei sei Nummer aussa, dann ruaf i o.

Er: Heit scho?

Sie: Sicher is sicher! Mir hamm immerhin scho den 22. März!

Ganz früher war es ein regelrechter Event, wenn ein Foto gemacht wurde. Der zu Fotografierende hat sein Sonntagsgewand angezogen, hat sich sauber gewaschen und gekämmt und ist dann zum Fotografen gegangen, um sich ablichten zu lassen. Noch heute kann man die mehr oder weniger adretten Vorfahren auf alten Fotos bewundern. Dann wurden die Zeiten moderner, man hatte einen Fotoapparat zuhause und lichtete die Verwandten und Bekannten bei diversen Familienfeiern selbst ab. Kommunion, Firmung und andere spektakuläre Ereignisse fanden dann Eingang ins Familienalbum. Auch am Heiligen Abend wurde der Apparat gezückt und Vati lächelte glücklich in die Kamera, während er seine Krawatte und sein Rasierwasser auspapierlte. Dann noch ein Foto vom Christbaum und der Familie unter demselben und das wars dann.
Inzwischen leben wir schon viele Jahre im Handyzeitalter und jeder und alles wird fotografiert, man lichtet auch sich selbst ab und platziert das „Selfie" dann stolz (ob berechtigt stolz oder nicht) in den sozialen Medien, um möglichst viele „Likes" zu erhaschen.
Soweit, so gut – oder auch nicht! Wenn jemand aber jede Sekunde eines festlichen Ereignisses festhalten möchte, kann das auch nerven, besonders wenn man wartet auf die

Verzögerte Bescherung

Mutter: *Läutet mit dem Bescherungsglöcklein und ruft vom Wohnzimmer nach oben:* So, Jessicaaa, Maaaarvin, Papaaa, ihr könnts kommen, s Christkindl is dahaa!

Vater und Kinder stürmen die Treppe herunter, teils wegen der Vorfreude auf die Geschenke, teils aus Hunger, da man in Erwartung des Festtagsessens auf das Mittagessen verzichtet hat.

Mutter: *Mit gezücktem Handy:* Mooooment, ned so schnell! I möchte doch des festhalten , wie ihr voller voller Freude die Treppe runterrennts! Geht's bitte noml auffe und dann kommts runter! Und schauts erwartungsvoll, weil i mach a kloans Video! Und Marvin, mach dei Hosentürl zu!

Marvin: *Sieht verlegen auf seinen geöffneten Hosenstall.* Oh, sorry! I war no schnell im Bad beim Bieseln, weil i bin so aufgregt! *Schließt die Hosentüre.*

Alle drei gehen wieder hinauf und positionieren sich am oberen Treppenabsatz.

Vater: Etza?
Mutter: Moment no, i muass zerst die Bildschirmsperre ausschalten! Andreas, wia is denn da PIN?
Vater: Des woaß doch i ned, is ja dei Handy!
Mutter: Genau! Also, glei habes, kloan Moment no. *Gibt den PIN ein und spricht diesen laut vor sich hin:* Eins- sechs-sieben-eins! Etza sagta falsch! Was soll i etza macha?
Vater: I wenn du waar, i daad de richtige PIN eingeben!
Mutter: Habi doch! Eins-sechs-eins-sieben!
Vater: Du hast aber gsagt Eins-sechs-sieben-eins!
Mutter: Echt etza?
Marvin: *Genervt:* Jaaa, Mama, echt!
Mutter: Wirklich, Jessica?
Jessica: Wirklich!
Mutter: Ja dann, dann gib i noml ei! *Lacht verlegen.* I bin so nervös!
Vater: Tu das!
Mutter: *Gibt erneut ein und spricht die Zahlen laut vor sich hin:* Eiiins-seeeechs-eiiins-siiiieben! Genau, des wars, etza is s Display da!
Marvin: Super! Kinnma etza kema?
Jessica: Ja, bitte Mama, kinnma endlich?
Mutter: An klitzekleinen Moment no! *Konzentriert sich auf das Handy.* Sooo, Kamera, jawohl, passt – und etza auf Video umschalten, jawohl, passt! Etza, kommts runter, owa ned so hastig, owa scho in froher Erwartung! Und action!

Die Restfamilie setzt sich in Bewegung, Mama filmt, plötzlich läutet es an der Haustür.

Mutter: Stopp! Es hat geläutet! Geht's wieder rauf, i mach schnell auf und schau!

Vater: Ja Herrgottseitn, wer leit denn am Heiligen Abend aaf d'Nacht um sieme an da Tür? Des gibt's doch ned, is do a Wahnsinniger draußen?

Mutter: *Nachdem sie die Haustüre geöffnet hat:* Da Nachbar is! *Zum Nachbarn:* Ja Hans, wos is denn los?

Nachbar: Servus Nicole, entschuldige die Störung! Habts ihr aa koan Strom?

Mutter: Doch, mir hamm an Strom! Habts ihr koan?

Nachbar: Naa, mir hamm den Christbaam eigsteckt, also ned den Christbaam, die Beleuchtung – und zack, wars finster, radebutz finster!

Vater: *Von oben:* Und, wos is denn los?

Mutter: Da Hans sagt, sie hamm die Beleuchtung vom Christbaam eingsteckt und zack, wars finster, radebutz!

Vater: Dann wird's d'Sicherung rausghaut haben!

Mutter: *Zum Nachbarn:* Da Andreas moant, dass eventuell d'Sicherung rausghaut hat!

Nachbar: I hobs scho ghört! Dann schau i amal! Sorry noml! Und frohes Fest!

Mutter: Danke Hans, eich aa! Pfiat di! *Nachbar geht.*

Vater: Is er furt?

Mutter: Ja!

Vater: So ein Hanswurscht! Der hätt doch glei in sein Sicherungskasten schaun kinna! Do rennt er zu uns uma und stört unser Video, so ein Hanswurscht!

Mutter: Mir miassma noml anfanga, weil des Läuten am Video drauf is. Seids bereit?

Marvin: Bereit! Sollma owageh?

Mutter: Jawoll, i gib eich a Zeichen! Also: Eins-zwei-drei, und los geht's!

Vater und Kinder setzen sich erneut in Bewegung und gehen die Treppe herunter. Auf halber Höhe ertönt plötzlich ein lautes „Stopp" aus dem Mund der Mutter.

Vater: Ja kruzenäsn, wos is denn jetza scho wieder? Es hod doch gar ned gleit!

Marvin: Owa ehrlich! Mamaaa, wos is denn?

Jessica: I hob Hunger!

Mutter: Jessica, du derfst ned hinter dem Papa geh! Man segt di gar ned, du bist voll verdeckt! Wenn mir des Video später mal anschaun, dann moantma, du warst gar ned do! Bitte geht's wieder rauf und kommts nebeneinander runter, dassma eich schee sieht!

Vater: Nebeneinander? Do langt doch de Breite vo da Treppe ned, do darenna mir uns!

Mutter: Des stimmt. Dann geht's bitte so mit Abstand, ned direkt hintereinander, dassma eich alle erkennt, so leicht versetzt! Also, bitte, auf geht's: Drei, zwei, eins, los!

Alle drei gehen leicht versetzt herunter, die Mutter filmt und ist zufrieden, ohne weitere Unterbrechung erreichen sie das Wohnzimmer. Alle wollen sich sofort auf die Geschenke stürzen.

Mutter: Haaalt, noch ned die Geschenke aufreissen! Bleibts bitte steh! Zuerst mach i a Foto vom Christbaam mit den schee verpackten Geschenken drunter! Weil wenns alla aufgrissen san, dann sans ja nimmer schee! Einen Moment no, glei hammas! *Hält das Handy in Richtung Christbaum.* Ach, bin ich ein Dödel! I hab ja no de Videofunktion eingschalt! I will ja a Foto macha, koa Video! Weil a Video, wo sich nix bewegt, is ja a Schmarrn!

Vater: Dann mach dei Foto, owa schnell! I hob seit dem Frühstück nix mehr gessn, mir kracht da Magen!

Mutter: Etza is doch eh zerst die Bescherung, essen daama erst nachher!

Vater: Ja eben, des is ja des! Mach dei Foto etza, owa schnell!

Mutter macht mehrere Fotos aus verschiedenen Blickwinkeln, damit man auch sicher alle Geschenke und den herrlichen Christbaum gut erkennen kann.

Vater: So, wars des jetza?

Mutter: De Fotos hamma! Und jetza machma Folgendes: Ihr machts eure Geschenke auf, d'Jessica fangt an! Du nimmst des rote Packerl!

Jessica: *Deutet auf ein rotes Paket.* Des da?

Mutter: Genau! Des machst jetza auf und dann sagst: „Suuuper! A Schminkset! Genau des hab i mir gewünscht!" Und i mach a kleines Video, wia du dich gfreist!

Vater: A Schminkset? Braucht de mit 13 Jahrn scho a Schminkset?

Jessica: *Gekränkt:* Natürlich brauch i a Schminkset! D'Chantalle hod scho letzts Jahr oans kriagt!

Vater: *Abschätzig:* D'Chantalle! Wenn scho oane Chantalle hoaßt!

Mutter: Du immer mit deine Vorurteile! Owa wurscht, etza machma des Video, wia sich d'Jessica freut, wenn sie des Packerl aufmacht!

Marvin: Und wos für a Packerl mach i aaf?

Mutter: Etza wart, zerst mach i des Video von da Freid von da Jessica! Dann machst du a Packerl auf und i mach a Video von deiner Freid.

Vater: Und mei Freid?

Mutter: Du kimmst dann nach dem Marvin! Wos glaubt ihr, wie schee des is, wennma später amal de Videos anschauen und erinnern uns an de Freid, de mir gehabt hamm!

Vater: Ja, um Gottes Willen, jede Freid extra! Des dauert ja ewig!

Mutter: Duats eich konzentriern, dann hammas glei! Also Jessica, du fangst o! Geh zu dem roten Packerl und machs auf und dann sagst …

Jessica: *Genervt:* Jaaa, i woaß scho! Bist soweit, Mama?

Mutter: Jawoll, i hab auf Video gschalt, los gehts!

Jessica schreitet auf das rote Packerl zu, öffnet es feierlich und blickt beim Öffnen immer wieder fast professionell in Mutters Handykamera, ein Lächeln der Vorfreude im Gesicht. Dieses Lächeln erstarrt jedoch, als das Packerl offen ist und sie das Geschenk entdeckt.

Jessica: Hä? A Radlhelm und Tacho? I hob doch gar koa Radl! Wos soll i denn mit dem Schmarrn anfanga?

Mutter: *Stoppt die Videoaufnahme.* Halt, stopp! Des war a Versehen! Jetza hab i die Farben verwechselt! Des rote Packerl is ja für den Marvin! Für di is des goldene!

Marvin: *Erfreut:* Ey super, genau des, wos i mir gewünscht hab!

Mutter: Marvin, jetza bitte no ned so gfrein! Heb dir die Freid auf für die Aufnahme! Jessica, mach des Packerl wieder zua! Dann machma zerst des Video, wia sich da Marvin gfreit. Marvin, wenn des Packerl wieder zua is, dann gehst du hi und machstas auf und sagst genau des, was du grad gsagt hast!

Marvin: Des wird schwierig, weil de Überraschung is jetza scho verpufft, weil etza woaßes ja scho, wos drin is!

Mutter: Des schaffst scho, strengdi a bissl an!

Vater: Also Renate, glaubst ned, dass du a bissl übertreibst? Du muasst doch ned jeden Furz filma! Mir kema doch nie zum Essen, wenn du alles filmst! Lass doch de Kinder des Zeig zügig auspacka und dann essma! Etza hast ja scho a Video, wiama d'Treppn owagenga und Fotos vom Christbaum und von den Geschenken, des langt doch!

Marvin: Do hod da Papa fei recht, Mama, des reicht doch scho!

Mutter: *Bestimmt:* Des reicht eben nicht! I möchte die Stimmung vo jedem vo eich festhalten. Für später, wenns amal groß seids und mir alt! Also bitte, Marvin, jetza geh zum roten Packerl und machs auf und gfrei di! Bitte!

Marvin schlurft grantig in Richtung Packerl.

Mutter: Marvin! Bitte a bissl mehr Begeisterung! Schau ned so mufflig! Kimm noml her und geh mit an freundlichen Gsicht zum Packerl hi!

Marvin: *Geht mit freundlichem Gesicht in Richtung Packerl, lächelt sogar in das Handy der Mutter und sagt:* Mei, i bin ja scho sooo gspannt, wos mir s Christkindl bracht hod!

Mutter quittiert diese schauspielerische Topleistung begeistert mit einem erhobenen rechten Daumen. Marvin hat sich zwischenzeitlich zum Packerl gesetzt und öffnet es. Gerade als er zum Freudenausbruch ansetzen will, läutet es abermals an der Türe. Mutter stoppt die Aufnahme.

Vater: Ja Himmel, Arsch und Zwirn, des derf doch alles nimmer wahr sei! Wos für a Hanswurscht kimmt denn jetza daher? Um de Zeit!

Mutter: *Nachdem es zum zweiten Mal geläutet hat:* Machst auf bitte, Andreas!

Der Vater geht grantig in Richtung Haustüre und öffnet sie, der Nachbar steht vor der Tür.

Vater: Hans, du bistas! Wos is denn los? Habts etza koa Wasser aa nimmer oder wos?

Nachbar: *Lacht.* Witzbold! Naa, i wollt bloß Bescheid sagen: Du hast recht ghabt, es war tatsächlich de Sicherung! De hods rausghaut. In der Lichterkette vom Christbaam is wahrscheinlich a Kurzer drin, drum hods de Sicherung rausghaut! Mei, dann muass halt heier amal ohne Lichterkette geh, nehma wieder amal de guten alten Kerzen, so wia früher!

Vater: Mei, hilft ja nix!

Nachbar: Genau! Also, frohes Fest, gell! I wollt eich bloß Bescheid song! Pfiat eich!

Vater: Servus Hans! Alles Guade! *Aus dem Wohnzimmer hört man die Mutter mit einem freundlichen* „Dir aa ein frohes Fest, Hans! Und scheene Griass an d'Roswitha!" *Der Nachbar geht, Vater schließt die Haustüre und geht wieder ins Wohnzimmer.*

Vater: So ein Arsch!

Mutter: Etza reg di ned auf, is ja Weihnachten! Marvin, bitte kimm noml her und dann gehst wieder zum Packerl, so gut gelaunt wia grad, des war super!

Vater: Mir is scho ganz schlecht vor Hunger! I hob heit zum Frühstück eine Scheibe Toast gessn und an Frischkäse, sunst nix! Weils ghoaßn hod, aaf d'Nacht gibt's a Festtagsmenü!

Mutter: Ja, des gibt's aa, keine Angst! Owa vorher machma de Videos, wia ihr eich gfreits. Marvin, auf geht's!

Marvin: *Geht erneut zum Packerl, schaut erwartungsfroh und spricht wieder seinen Satz* „I bin ja scho so gspannt, wos mir s Christkindl bracht hod", *Mutter filmt begeistert. Er öffnet das Paket und nimmt die Fahrradutensilien heraus.* Leck mich fett, genau, wos i mir gwünscht hob! Voll cool, für mei Radl!

Mutter: *Nachdem sie die Aufnahme beendet hat:* Ok, Marvin, des hättma! Des „leck mich fett" hätts zwar ned braucht, owa in Gottes Namen, wennst moanst! So Jessica, jetza du! Geh bitte zu dem goldenen Packerl und machs auf und gfrei di!

Vater: Und a bissl flott, Jessica, dassma dann essn kinna – mir fallt glei da Magen außa vor lauter Hunger!

Mutter: Du bist aa no dran, Andreas! Wenn d'Jessica fertig is, dann machst bitte du dei Gschenk auf und gfeist di, und i mach a Video!

Vater: *Geschockt:* Wos? I aa no? Des is doch a Schmarrn, i mach mi doch ned lächerlich! A Kind konn sowos macha, owa i doch ned als erwachsener Mensch, des is doch a Schmarn! I konn doch ned mei Rasierwasser auspapierln und dann song: „Super, genau des, wos i mir gewünscht hob!" Do mach i mi ja total zum Affen!

Mutter: Etza geh, sei doch koa Spielverderber! Wenn scho die Kinder so schee mitmacha, dann machst du aa mit! Des san doch wunderschöne Erinnerungen für später! Schau her, wennst amal nimmer bist, dann kinna unsere Kinder des Video oschaun und dann kinnans sagen: „Mei, schau, da Papa! Wie er leibte und lebte! Und wie er sich gfreit hat damals über sei Rasierwasser!" Des waar doch super, oder?

Vater: Wenn i nimmer bin? Also so super find i des ned!

Mutter: Ach komm, du woaßt genau, wos i moan, stell di ned dümmer als du bist! Glei hammas!

Vater: Hoffentlich, mir is scho ganz schlecht! I schätz, i bin direkt unterzuckert!

Mutter: *Grinst abfällig.* Genau, aso schaust aus! Also Jessica, auf geht's! Du bist dran!

Vater: *Drängend und tatsächlich schon etwas bleich im Gesicht:* Zügig etza! Mir is gar ned wohl!

Jessica geht feierlich in Richting Christbaum, Mutter filmt. Kurz vor den Geschenken dreht sich Jessica um und fragt die Mutter: „Etza woaß i selber nimmer: Des goldene Packerl oder des rote?“

Vater:	*Erzürnt, transpirierend:* Ja sag amal, bist du bläd oder wos? Des rote natürlich!
Mutter:	*Bricht die Aufnahme ab und kommentiert des Einwurf des Vaters ziemlich laut:* Des goldene!!! I glaub eher, du bist blöd! Des goldene natürlich! Des rote hat doch grad der Marvin aufgmacht, da san doch seine Fahrradutensilien drin!
Marvin:	Ja eben! *Vorwurfsvoll:* Mensch Papa, denk doch mit! Du hast doch grad selber gseng, dass da Jessica ihr Schminkzeig im goldenen Packerl drin is!
Papa:	*Schreiend, völlig entnervt:* An Dreg hob i gseng! Des goldene Packerl hod ja bis dato koa alte Sau aufgmacht! Wia soll wissen, wos do drin is? Herrgottseitn, glei werd i narrisch, des sog i eich! Zerst gibt's den ganzen Dog nix zum Fressn, dann de ewige Filmerei und dann kimmt no da ander Knallkopf daher mit sein Stromausfall, der koaner is! Und des alles am Heiligen Abend! An dem Abend, dessen Sinn es is, dassma amal in Ruhe wos Gscheits isst! Owa mir kema ja ned zum essen mit dem ganzen Wahnsinn!
Mutter:	*Sehr tadelnd:* Also Andreas! Jetza reiß dich bitte zamm! Am Heiligen Abend führt man sich ned aso auf! Und der Sinn des Heiligen Abends is ned des essen, sondern die Geschenke! Weil damals die drei Weisen aus dem Morgenland dem Jesukindlein Geschenke mitgebracht haben! DES is da Sinn!
Vater:	Des woaß i aa, i bin doch ned bläd! Owa damals war des alles no relaxter, weil des Jesukindlein hod koana mitm Handy gfilmt, wias de Geschenke auspackt! Und beim Jesukindlein is aa koa nerviger Nachbar kema, dems a Sicherung rausghaut hod! Des war alles viel entspannter damals, chilliger – und ned so hektisch wia bei uns! Owa des is mir etza wurscht! Jessica, pack dei Schminkglump aus, dassma weidekema, auf geht's!
Jessica:	*Gekränkt:* Des is koa Glump, Papa!
Vater:	Dann is halt koa Glump! Geh fire wieder und pack aus!

Marvin: Ja genau, geh fire! Mi hungert aa scho voll! Also so lang wia du hob i ned braucht! Gell, Papa?

Vater: Genau! Also Jessica, des muass i ehrlich song: Beim Marvin is des Ganze flotter ganga! Bei dir ziagt sich des gewaltig!

Jessica: *Weinerlich:* I kann a nix dafür!

Mutter: Jessica, etza flenn ned, der Papa moant doch des ned aso! Gell, Andreas?

Vater: Tu dich nicht hinab, Jessica, konzentrier di liawa und fang endlich o!

Jessica geht erneut den kurzen Weg in Richtung Christbaum und erreicht diesen ohne weitere Zwischenfälle. Sie nimmt das goldene Paket und öffnet es feierlich! Sie hebt mit Bedacht das bereits angekündigte Schminkset heraus und betrachtet es froh. Dann steht sie auf und will zurükgehen zur Mutter. Diese gibt ihr verzweifelt Regieanleitungen, indem sie mit dem rechten Zeigefinger auf den Mund deutet. Jessica kann die Zeichen jedoch nicht interpretieren.

Jessica: Mama, wos hast denn? Is dir ned guat oder wos?

Mutter: *Nachdem sie die Videoaufnahme abgebrochen hat:* Mensch, Jessica, kapierst du des ned? Du hast deinen Satz vergessen! „Super, genau des, wos i mir gewünscht hab!" hättst doch sagen sollen!

Jessica: *Haut sich mit der flachen Hand auf die Stirn.* Ach ja, genau! Do habi jetza gar nimmer drandenkt! Muasstas noml macha, Mama – owa jetza denk i bestimmt dran, i schwörs!

Marvin: *Grinsend:* Bist du dumm!

Vater: *Kreidebleich, völlig mit den Nerven fertig:* Leit, jetza is Schluss! JETZT IST SCHLUSS! Etza wird nimmer auspackt, jetza wird gessn und sunst gar nix! Und gfilmt wird scho glei gar ned! Und wenn no irgend a Nachbar daherkimmt, weils eam d'Sicherung rausghaut hod oder d'Wasserleitung zrissn, dann derschlag i eam, i schwörs! Mir is schlecht, mir is schwindlig, i schwitz, und des alles wegen dera bläden Auspackerei! Mi daads ned wundern, wenns mi umhaun daad!

Mutter: Ehrlich? Owa dann sags bitte vorher, weil da mach i dann a Video!

Dank dieser erheiternden Bemerkung der Mutter löst sich die angespannte Situation in weihnachtlich gute Stimmung auf. Man kommt zum Beschluss, die Videos nach dem Essen zu drehen, um auf eine bessere Grundlaune der Schauspieler zurückgreifen zu können. Doch aufgrund des allgemeinen Völlegefühls entschließt sich die Familie einstimmig, heuer die Dreharbeiten nicht mehr aufzunehmen, sondern diese auf nächstes Jahr zu verschieben.

Es ist grundsätzlich gut gemeint, wenn freundliche Menschen um die Gesundheit des Weihnachtsmannes besorgt sind, muss er doch bei Wind und Wetter seine alljährliche Tour machen und läuft deshalb Gefahr, sich einen Schnupfen oder gar eine Grippe einzufangen. Da man weiß, dass hier ein Grog, ein heißer Jagertee oder ein herzhafter Punsch eine prophylaktische Wirkung haben kann, ist es nicht verkehrt, ein solches Heißgetränk zu sich zu nehmen, um potenziellen Krankheitserregern gleich den Wind aus den Segeln zu nehmen. Im Vorfeld der nun folgenden Szene gab es allerdings zu viele freundliche Menschen, die es gut mit dem Nikolaus und seinem (gespielt) böswilligen Trabanten Knecht Ruprecht meinten! Das Wetter an diesem 5. Dezember war äußerst ungesund – Schneeregen, den ein kalter Wind vor sich herpeitschte, machte die Tour der beiden Männer zur fast unerträglichen Tortur.
Der ihnen eigene Stolz und ehrlich gesagt auch die ihnen eigene Dummheit verhinderten, dass sie ein Kfz zu Hilfe nahmen. So kam es, wie es kommen musste: In vier aufeinanderfolgenden von ihnen heimgesuchten Haushalten bot man ihnen ein alkoholhaltiges Heißgetränk an, das sie dankbar annahmen und das ihnen auf den ersten Blick auch guttat, indem es im Körper wohlige Wärme verbreitete. Das Tückische war jedoch, dass es nicht nur im Körper, sondern auch im Gehirn seine Wirkung tat, indem es dort ein wohliges Gefühl verbreitete, das man im Volksmund „Rausch" nennt. Ein Indiz für einen Rausch ist die Tatsache, dass der Besitzer desselben nicht merkt, dass er einen hat. Im fünften Haushalt, der auf ihrer To-do-Liste stand, waren sie sowohl äußerlich als auch sprachlich schon ziemlich lädiert und es wurde ein relativ

Peinlicher Nikolausbesuch

Nikolaus: *Sieht angestrengt und leicht wankend auf das Klingelschild des Hauses, vor dessen Tür sie stehen.* Sefix, glaubst, i kannt des lesn! Dessis dermaßen kloa gschriem, dassmas ums Verrecka ned lesen konn! Und mei Brilln … hicks … is aa oglaffa wega dem feichtn Weda!

Ruprecht: Owa der Jagatee war –hicks – ned von schlechten Eltern! Hut ab! *Rülpst.* Hoppala, a Koppala!

Nikolaus: Reißde zamm! Schau amal aaf dein Zettel und sog mir, wia de Leit hoaßn solln!

Ruprecht: *Zieht einen zerknüllten und durchnässten Zettel aus der Tasche seiner groben Joppe.* Sndes für a Hausnummara?

Nikolaus: *Mustert nach vorne und hinten schwankend das Schild neben der Tür.* L… L… Lärchenstraße 16!

Ruprecht: *Schaut prüfend auf seinen Zettel, den er wegen des lästigen Windes unmittelbar vor seine Augen halten muss.* Hamma ned!

Nikolaus: No freilich, du Depp! Miassma hamm, hicks! Woaßi hundert Pro!

Ruprecht: *Erzürnt:* I gib dir glei an Deppen! Bloß weil du heit da Niglo bist, bist aa nix Bessers, mirk dir des! Glaubst du, i bin z'bläd zum lesen? Mir hamma koa Lerchenstraße und aus!

Nikolaus: Mir MIASSMA oane haben! I hobs doch gestern no mit eigene Ohren glesen! Mir hamma doch unsere Tour genau so einteilt, dass passt! Schau bitte noml, do muass a Lärchenstraße drauf sei! Hausnummara 16! Und der Depp war ned aso gmoant!

Ruprecht: *Wieder etwas versöhnt:* Und wennst mi derschlagst, do steht koa Lerchenstraße om! Do steht überhaupt koa Vogel om, koa Lerche, koa Amsel, nix! No bird, wie der Brite sagt! Hicks! No bird! Nix mit Vögeln!

Nikolaus: I moan doch ned den Vogel, i moan den Baam! Mit Ä! *Betont ausdrücklich das Ä:* Lärchenstraße! Ned Lerchenstraße! Lärchenstraße 16!

Ruprecht: *Sieht nochmal auf seinen Zettel.* Assooo, Lärchenstraße! Jawoll, de hamma! Lärchenstraße 16, haargenau, do stehts! Mit Ä! *Deutet auf die Adresse auf dem Zettel und dann auf das Schild neben der Haustüre.* Totale Übereinst … hicks … einstimmung! Do samma richtig! Biesln miassert i fei aa schee staad! Der Jagatee oder wos des war, der is ned ohne! Der macht einen Druck!

Nikolaus: Reißde zamm! Schau liawa aaf den Zettel, wia de Leit hoassn, i konn des Klingelschildl ums Verrecka ned lesen! Des is dermaßen kloa gschriem … irgendwos mit Wi…, i konns ned lesen, kreizbirnbaam!

Ruprecht: Mooooment, hamma glei! *Stellt wankend seine Rute ab, um den Zettel besser halten zu können, beim Bücken fällt im seine Fellmütze in eine Pfütze.* Scheiß Wind! Etza is mei Haum batschnoos! *Hebt die triefende Mütze wieder auf und setzt sie sich schräg auf den Kopf.* Eines Tages hol i mir no den Tod mit dera Nikolausgeherei – und des ehrenamtlich! Des is dann da Dank! Hicks! Der Tod! Eski ..., Exti ..., Exitus! Verbittert: Nix solltma macha, gar nix! So wia de andern solltmas macha: Dahoam am Kanapee flagga und sich von der ganzen Welt am Arsch lecka lassen! Aso solltmas macha! Owa i Depp renn bei Wind und Wetter in der ganzen Stadt rundum und mach de verzogenen Saufratzen den Deppen! Und bieseln muass i aa no, hicks! Nix solltma macha! Und schlecht is mir aa, mir is gar ned wohl, ehrlich gsagt!

Nikolaus: Etza hör de Schimpferei aaf und sag mir endlich, wia de Leit hoaßn! Des san für heit eh de letzten, dann hammas wieder!

Ruprecht: Zeit wird's, i muass bieseln! Und wohl is mir aa ned!

Nikolaus: *Genervt:* Ja, i woaß scho! Des wird scho wieder! Wia hoaßns, de Leit?

Ruprecht: *Sieht hochkonzentriert auf seinen Zettel.* Wi ... Wich ... Wiczy ... ja kruzenäsn, is des ein Wahnsinnsnam! Also Hiesige san des ned, aso a Wahnsinnsnam! Hicks!

Nikolaus: Etza hör amal aaf mit dein blädn Schluckauf und sag mir den Nam von de Leit! Schee staad regst mi aaf! Hicks! Etza host mi aa no angsteckt, du Depp!

Ruprecht: Aso a Schmarrn! Schluck ... hicks ... auf is doch ned ansteckend! Des liegt do dran, weil du genausoviel Jagatee drunga host wia i, do dran liegt des. Hicks! Aaf jeden Fall hoaßn de Leit ... stiert auf den Zettel ... Wiczynskwinsky!

Nikolaus: *Konsterniert:* Wia?

Ruprecht: Wiczynskwinsky, mit Ypsilon! *Wankt leicht.* Fix, i muass bieseln!

Nikolaus: Ja mi host ghaut, is des ein Nam! Wia konnma denn aso hoaßn? Des is doch a Wahnsinn! Und des Kind? Wia hoaßt des Kind?

Ruprecht: Aa Wiczynskwinsky!

Nikolaus: Mit Vornam! Dass mit Nachnam aa so hoaßt, des is mir scho klar, du Hans ... hicks ... wurscht!

Ruprecht: Etza schimpf mi ned dauernd, hicks! I konn mi kaam mehr konzentriern, weil i bieseln muass! Des Kind hoaßt aaf jeden Fall ... sieht auf den Zettel ... Wotan. Wotan Wiczynskwinsky!

Nikolaus: Wotan? Hamm de an Vollvogel, de Eltern? Wotan – des is doch eher a Hundenam!

Ruprecht: Ob des ned gar a griechischer Gott war oder a Pharao! Irgendwie kimmt mir des bekannt vor! Oder a Heiliger ... irgendwos war mit dem, hm ... *grübelt.*

Nikolaus: Des is mir etza aa wurscht, i leit jetza, dass a Ruah is. *Gerade als er läuten will, reißt ihm ein Windstoß die Bischofsmütze vom Kopf und diese fällt in die Pfütze, durch die bereits die Haube von Ruprecht befeuchtet wurde.* Dreckswind, elendiger! Des Weda wird aa alle Jahr greislicher! Des is da Klimawandel! Mei scheene Haum! *Setzt die Bischofsmütze wieder auf, nachdem er sie grob gereinigt hat. Aufgrund des vorherigen Alkoholgenusses ist ihm jedoch das Gefühl für die gerade Ausrichtung verlorengegangen und die Mütze sitzt relativ schräg auf seinem tropfenden weißen Haar.* Dreckswind! So, owa etza: Auf geht's! *Läutet.*

Ruprecht: Hoffentlich sans dahoam! I muass mi a bissl hisitzn, mir is ned wohl!

Nikolaus: *Grantig:* Natürlich sans dahoam! De bstelln doch koan Nikolaus inklusive Knecht Ruprecht und dann sans ned dahoam! De san hundert Pro dahoam, i hör scho wos – do kimmt scho wer!

Ruprecht: Wollmas hoffen! Bieseln muass i aa no, dringend inzwischen! Hicks!

Herr W. öffnet die Haustüre und erblickt die relativ traurigen und lädierten Gestalten. Abgesehen vom nicht optimalen optischen Eindruck gibt ihm auch der Alkoholgeruch zu denken, der von den beiden ausgeht! Trotzdem macht er gute Miene zum seltsamen Spiel.

Herr W.: *Laut, langsam und sehr betont:* Ja grüß Gott die Herren! Zu wem wollen Sie denn?

Nikolaus: Grüß Gott, Herr Wischy!
Herr W.: Wiczynskwinsky!
Nikolaus: Richtig! Is da Ramses do?
Herr W.: Wer bitte?
Ruprecht: *Von hinten dem Nikolaus ins Ohr flüsternd:* Wotan!
Nikolaus: Ah ja, genau! I bin scho ganz ... *Laut und augenzwinkernd zu Herrn W.:* Ist der Wotan da? Hohoho! Von drauss vom Walde und so weiter! *Leise:* Sie wissen Bescheid, mir waarn etza da! *Wieder laut und feierlich:* Ho-Ho-Ho!
Ruprecht: Ebenfalls!
Herr W.: *Auch laut und augenzwinkernd:* Jawohl, der Wotan ist da! Möchten Sie ihn sprechen?
Nikolaus: *Laut:* Jawoll, wir möchten ihn sprechen! Sagen Sie ihm, der Nikolaus waar da und der Knecht Ruprecht!
Ruprecht: Hoho!
Herr W.: *Immer noch laut, langsam und auffallend betont:* Aber kommen Sie doch bitte herein, Herr Nikolaus und Herr Ruprecht! Wotan ist im Wohnzimmer!
Nikolaus: *Leise zu Herrn W.:* Des is nix, mir san patschnass vo dem Sauweda und mir tropfma hint und vorn! Könntens ihm ned sagen, hicks, er soll rauskema an die Haustür, dann regeln wir des Ganze glei da! Mir samma echt patschnass! Und grad is uns d'Haube no in a Dreglagga einegfalln – schauns her, de tropft direkt! Naa, mir bleiben lieber an der Haustüre! Soll da Odin einfach rauskema zu uns!
Herr W.: Wotan!
Nikolaus: Richtig! Genau der!
Ruprecht: Des is koa guade Idee!
Herr W.: Wie bitte?
Ruprecht: Das ist keine Idee, dass wir nicht hineingehen! Weil ich muss dringend auf die Toilette, nur klein! Und ich werde mich aber trotzdem hinsetzen, weil mir ist insgesamt nicht so recht! Mir schwindelt ein wenig!
Herr W.: Wie bitte?
Nikolaus: Er müsste urinieren, schon länger! Ginge das? Hicks!
Herr W.: Entschuldigen Sie bitte die Frage, aber haben Sie beide was getrunken?
Nikolaus: *Mit glasigen Augen:* Wie was? Hicks!

Herr W.: Alkohol! Haben Sie Alkohol getrunken? Sie riechen beide nach Alkohol! Nicht nach Bier, eher nach Sprituosen!

Nikolaus: *Zu Ruprecht, der immer bleicher wird:* Hamma mir Spritu ... Sprititu ..., Stiripu ..., hamm mir an Schnaps drunga?

Ruprecht: Mir is ned recht!

Nikolaus: *Mit erhobenem Zeigefinger und leicht lallend zu Herrn W.:* Man hat uns einen Punsch und einen Grog, möglicherweise auch einen Jagatee verabreicht, damit wir nicht erkranken! Es war gutgemeint! Feine Menschen!

Herr W.: Aber diese Fahne! Sie können doch so nicht meinem Sohn gegenübertreten, der riecht das doch!

Nikolaus: Hamms an Kaugummi! Oder a Schlückerl Bier, dassma den Schnaps ned aso schmeckt!

Ruprecht: Und vor allen Dingen: Hamms a Klo?

Herr W.: Moment, ich hol Ihnen ein Pfefferminzbonbon! Und Herr Ruprecht, bitte kommen Sie kurz herein, gleich hier links ist das Gästeklo!

Ruprecht: Omei, besten Dank! Herzlichen Dank! Gottseidank! Und i versprichs, dass i mi hisitz! Weil mir is dermaßen schwindlig, des waar nix im Steh, gar nix! Des gang schief! *Wankt kreidebleich ins Gästeklo und verliert aufgrund des zu niedrigen Türrahmens erneut seine Haube, die von Herrn W. gerade noch aufgefangen wird.*

Wotan: *Aus dem Wohnzimmer:* Papaaa! Kommt jetzt der Nikolaus oder nicht? Das war doch der Nikolaus, mit dem du dich unterhalten hast, oder? Kommt er jetzt rein oder nicht? Was redet ihr denn dauernd da draußen?

Nikolaus: Wotan, folgendes: Wenn du, hicks, vielleicht ...

Herr W.: *Unterbricht ihn:* Lassen Sie mich, bitte! Wotan, der Herr Nikolaus möchte unser Wohnzimmer nicht schmutzig machen, denn er ist schon lange unterwegs über Stock und Stein und es ist kein schönes Wetter draußen!

Nikolaus: *Laut:* Ein Weda, dass da Sau graust! Brutal! Sei froh, dass du ned auße muasst heit, sei bloß froh! Hicks! De Kältn geht dir durch Mark und Bein, hicks! Wotan, i sag dir oans: Sei bloß froh! Mir wenn ned von feinen Menschen ... *gerührt:* ...von sehr feinen Menschen den einen oder anderen Jagatee beziehungsweise Punsch ...

Herr W.: *Beschwichtigend, hastig und leise zum Nikolaus:* Schon gut, schon gut!

Nikolaus: *Weinerlich, mit erhobenem Zeigefinger:* Von sehr feinen Menschen! Es gibt Leit, des san einfach Leit! Hicks!

Herr W.: Jetzt beruhigen Sie sich doch! Da, nehmen Sie das Pfefferminzbonbon! *In Richtung Wohnzimmer:* Wotan, einen Moment noch, gleich ist es soweit! Zähl langsam bis 100 und dann komm bitte in die Diele, gell!

Wotan: Ok! *Beginnt laut zu zählen:* Eins, zwei, drei …

Herr W.: Wo bleibt denn jetzt der Herr Ruprecht? Ist der ohnmächtig geworden da drin? Man hört nichts.

Nikolaus: Dauert scho lang, do haben Sie recht! Bieselt is normal schneller. Soll i amal eineschaun, vorsichtshalber?

Herr W.: *Nervös:* Ja, sehen Sie bitte mal nach!

Nikolaus: Dann schau i!

Herr W.: Ja, bitte!

Der Nikolaus öffnet vorsichtig die Tür des Gästeklos und lugt hinein. Er erblickt den auf der Kloschüssel sitzenden Knecht Ruprecht, der offenbar eingeschlafen ist.

Nikolaus: *Gibt einen lauten Zischlaut von sich.* Anton!

Ruprecht: *Aus einem Traum gerissen:* Kontra!

Nikolaus: Sag amal, spinnst du? Pennt der do ei! Ziag dei Hosn auffe und kimm außa! Glei kimmt da Wotan!

Ruprecht: *Völlig verwirrt:* Wer?

Wotan: *Laut:* 46, 47, 48 …

Ruprecht: Do zählt oaner, hörstas?

Nikolaus: Ja, des is da Wotan, der wos da grad zählt! Bei 100 kimmt er außa, da Wotan!

Ruprecht: *Hat die Orientierung wieder gefunden.* Da Wotan Wiczynskwinsky?

Nikolaus: Haargenau, der! Etza kimm, auf geht's!

Ruprecht kommt aus dem Gästeklo, schließt noch die Hosentüre und geht in Stellung hinter dem Nikolaus. Irgendwie kommt er sich nackt vor, er tastet mit der Hand seinen Kopf ab und merkt, dass die Pelzmütze fehlt.

Herr W.: Na Gottseidank! *Gibt ihm seine Mütze, Ruprecht setzt sie (schief) auf, Herr W. rückt sie ihm zurecht, auch die Bischofsmütze des Nikolaus bringt er in eine gerade Position. Er reicht Ruprecht ein Pfefferminzbonbon.* Hier, essen Sie, wegen der Fahne!

Ruprecht: Wos für a Fahne?

Nikolaus: Es is wega dem Jagatee, da Herr Wischi sagt, ...

Herr W.: Wiczynskwinsky!

Nikolaus: Haargenau! Der sagt, dassma den Jagatee durchschmeckt! Und des is ned guat, weil woaßt ja, wia de Kinder heitzutags san: Glei is da Respekt furt! Des geht zackzack!

Wotan: 84, 85, 86 ...

Herr W.: Also, meine Herren, gleich kommt er! Sie dürfen ruhig ein wenig autoritär auftreten, aber bitte nicht gewalttätig! Tadeln Sie ihn aber ruhig in der Hinsicht, dass er etwas mehr lernen und etwas weniger Zeit am Computer verbringen sollte! Aber schlussendlich sagen Sie ihm, dass Mama und Papa stolz auf ihn sind und dass zur Belohnung beim Fahrradgeschäft Riepelgruber ein Gutschein von 100 Euro für ihn hinterlegt ist! Weil er fährt doch so gerne Rad! Und er möchte einen Tacho und ein neues Radleroutfit!

Nikolaus: Alles klar! Wia hoaßt der Radltandler?

Herr W.: Riepelgruber!

Nikolaus: Riepelgruber – alles klar, hicks! Glaubstas, der Schnackla, der regt mi aaf! Also, her mit dem Buam, dassma weidakema!

Wotan: 98, 99, hundeeeert! Darf ich kommen, Papa?

Herr W.: Ja, bitte komm! Und bring die Mama mit, denn die soll ja auch hören, was der Nikolaus zu sagen hat!

Ruprecht: So richtig wohl is mir fei ned! Ehrlich gsagt is mir schlecht!

Herr W.: *Besorgt:* Müssen Sie brechen?

Ruprecht: Mei, i woaß aa ned so recht! *Rülpst plötzlich.* Etza isma wohler! Deutlich!

Herr W.: Na gottseidank!

Wotan: *Kommt mit Frau W. aus dem Wohnzimmer und steht nun mit seinen Eltern vor dem Nikolaus, welcher, mit Knecht Ruprecht hinter sich, im Türrahmen steht!* Hallo, Herr Nikolaus!

Nikolaus:	Ja, hallo! Von drauß vom Walde komm ich her ...
Ruprecht:	*Unterbricht ihn:* Und es ist ein Dregweder!
Wotan:	*Amüsiert:* Ey cool!
Nikolaus:	*Ungehalten zu Ruprecht:* Etza bring mi ned draus! Wenn wer wos sagt, dann bin des i! Du bist bloß da Schläger, falls erforderlich! Ansonsten bist du, hicks, ruhig!
Ruprecht:	*Eingeschnappt:* Ja guat, dann halt ned! I wollt ja de Sach bloß a bissl auflockern!
Herr W.:	*Nervös, da er angesichts der leicht lallenden Artikulation des Nikolauses und dessen Wanken Schlimmes befürchtet:* Jetzt machen Sie bitte weiter!
Nikolaus:	Jawoll! *Zu Wotan:* Du bist also da Ding, da ...
Wotan:	Wotan!
Nikolaus:	Haargenau! Richtig! Sehr gut!
Wotan:	Was heißt da sehr gut? Das ist doch klar, dass ich weiß, wie ich heiße, ich bin doch nicht blöd!
Ruprecht:	Soll eam haun? *Schwingt drohend die Rute.*
Herr W.:	Um Gottes Willen! Wieso denn?
Nikolaus:	Ja genau, wieso denn?
Ruprecht:	Weil er so frech is!
Nikolaus:	Etza spinn, hicks, ned so laut! Der Bua hod doch vollkommen recht! Wenn der ned wissert, wia er hoaßt, dann waar er doch a glatter Depp!
Herr W.:	Äh, könnten Sie sich bitte einer anderen Ausdrucksweise bemächtigen? Wir sind ein Akademikerhaushalt, dermaßen grobe Worte wie „Depp" werden bei uns nicht benutzt!
Nikolaus:	Ja natürlich, nix für unguat! Also Wotan, es is aso: Ich täte gerne wissen, wie es dir in der Schule so geht. In welche Klasse gehst du denn?
Wotan:	2 Dora!
Nikolaus:	Des ist, hicks, fein! Und was sind deine Lieblingsfächer?
Wotan:	Sport und ... und ... also eigentlich Sport!
Nikolaus:	Sehr schön! Und Mathematik? Tust du gerne rechnen?
Wotan:	Nicht so.
Ruprecht:	Soll eam haun? *Schwingt wankend die Rute, verliert vor lauter Engagement seine Fellmütze.* Bläde Haum! *Hebt sie wieder auf.* De sitzt ned so richtig!

Nikolaus: *Grantig:* Ja sag amal, wos hast denn du? Wieso willst denn du dauernd des Kind haun?

Ruprecht: *Während er die Mütze zurechtrückt:* Weil er so ungern rechnet!

Frau W.: Aber das ist doch kein Grund, ein Kind zu schlagen! Wir sind ein Akademikerhaushalt!

Herr W.: Genau! Also bitte, mäßigen Sie sich!

Nikolaus: *Zu Ruprecht:* In der Ruhe liegt die Kraft! *Zu Wotan:* Machma weida, Wotan! Also, deine Leistungen in der, hicks, Schule, sind schon ok! Oder, Papa? Wos moanst do du?

Herr W.: *Gütig und stolz nickend:* Jaja, man kann schon zufrieden sein! Oder, Euphelia?

Frau W.: Dochdoch, man kann zufrieden sein!

Nikolaus: Aber trotzdem muss ich ein bisserl schimpfen, denn wie mir berichtet wurde: Du fährst ein wenig zu viel Radl!

Ruprecht: Soll eam haun? *Schwingt die Rute dermaßen heftig, dass er dem Nikolaus die Bischofsmütze beinahe herunterhaut, der Nikolaus kann sie gerade noch festhalten.*

Nikolaus: Etza hör amal aaf mit deiner ewigen Hauerei! Und fuchtel ned dauernd mit deiner Rute umeinander! Du führst di aaf wia a Psychopath!

Ruprecht: *Schwer gekränkt:* Dann frag i mi, warum i überhaupt dabei bin, wenn i gar nix sagen und gar nix macha derf! I bin ja völlig sinnlos! Do hätt i bei dem, hicks, Sauweda ned außa gmiasst! Do hätt i mi aaf mei Kanapee legen kinna und den Herrgott an guadn Mo sei lassen kinna! Schädlweh hob i, schlecht is mir und wahrscheinlich werd i no krank! Sauber sog i, sauber! Vielen Dank!

Wotan: *Der den Zornesausbruch von Ruprecht amüsiert verfolgt hat:* Cooool! Voll cool!

Herr W.: *Peinlich berührt:* Äh, regen Sie sich nicht auf, Herr Knecht, regen Sie sich nicht auf! Alles halb so schlimm!

Frau W.: Also ich finde das schon schlimm! So einen Knecht Ruprecht hatten wir ja noch nie! Der ständig nur unseren Sohn misshandeln will! So einen hatten wir noch nie!

Herr W.: Beruhige dich, Euphelia, beruhige dich! *Zum Nikolaus:* Machen Sie bitte weiter! Aber bitte richtig! Es ist nämlich gar nichts dagegen zu sagen, dass unser Wotan viel Fahrrad fährt! Im Gegenteil, wir finden das super! *Tätschelt seinen Sohn liebevoll am Haar.* Gell Wotan, Radfahren ist schön?

Wotan: Schon!

Nikolaus: Achso, dann habi da was verwechselt! Also Wotan, des Radlfahrn, des is ok! Weiter so! Und Hals- und … hicks … Beinbruch, gell!

Frau W.: Gott bewahre!

Nikolaus: Mei, des sagtma halt so! Auf jeden Fall, lieber Wotan, jetza kema mir zum erfreulichen Teil der heutigen Veranstaltung: Weil du im Großen und Ganzen kein Hundskrippl bist …

Herr W.: Vermeiden Sie bitte solche Worte!

Frau W.: Wir sind ein Akademikerhaushalt!

Nikolaus: Tschulligung, hicks! Kimmt nimmer vor! Weil du im Großen und Ganzen kein Saufratz bist … *Herr und Frau W. verdrehen frustriert die Augen, schweigen aber* …darum gibt es jetzt ein Geschenk!

Wotan: Ey cool!

Nikolaus: Gell! Aber nicht glei, denn es ist ein Gutschein! Über sage und schreibe 100 D-Mark!

Her W. : Euro!

Nikolaus: Haargenau! Euro! I bin mit da D-Mark aufgwachsen, i kriag des nimmer aus mein Hirn außa, tschulligung! 100 Wotan natürlich, Euro! Äh, 100 Euro natürlich, Wotan!

Wotan: Ey cool!

Nikolaus: Genau, des is a Haufa Holz! Hicks! Und dieser Gutschein, der ist nur für dich hinterlegt im Computergeschäft Rumpelmeier!

Wotan: *Völlig begeistert:* Ehrlich? 100 Euro? Für Computerspiele?

Herr W.: *Erschrocken:* Nein, um Gottes Willen! Doch nicht im Computergeschäft! Herr Nikolaus, da haben Sie sich getäuscht!

Nikolaus: Ehrlich? Hob i mi deischt?

Ruprecht: War des ned im Radlgeschäft?

Nikolaus: Bi du staad! Du host koa Sprechrolle!

Herr W.: Aber Ihr Knecht hat recht! Der Gutschein liegt im Fahrradgeschäft für ihn bereit, nicht im Computergeschäft!

	Wir hatten ja gesagt, dass er ein wenig zu viel Zeit am Computer verbringt!
Frau W.:	*Ziemlich verzweifelt wegen des Durcheinanders:* Ja eben! Wir können doch nicht kritisieren, dass er zu viel Zeit am Computer verbringt und ihm dann einen Gutschein eines Computergeschäftes schenken! Das wäre ja völlig kontraproduktiv!
Ruprecht:	*Neunmalklug:* Nikolaus, do hod de Frau recht! Nix für unguat, do hods recht!
Nikolaus:	Halt dei Goschn, Klugsch … hicks … eißer!
Herr W.:	Also ich darf doch bitten! Keine solchen Ausdrücke!
Frau W.:	Wir sind ein …
Nikolaus:	*Unterbricht sie genervt:* Ihr seids a Akademikerhaushalt, i woaß scho!
Ruprecht:	Solles haun?
Herr W.:	Also ich muss doch sehr bitten! Mäßigen Sie sich!
Ruprecht:	War a Witz! Späss … hicks … le gmacht!
Nikolaus:	Also Wotan, langer Rede kurzer Sinn: Es ist ein Gutschein über 100 Euro für di hinterlegt! Und zwar natürlich nicht im Computergeschäft Rumpelmeier, sondern im Radlgeschäft Rumpelmeier!
Herr W.:	*Verzweifelt:* Nein!
Nikolaus:	Ned? Doch im Computergeschäft Rumpelmeier?
Herr W.:	Schon im Fahrradgeschäft, aber doch nicht Rumpelmeier!
Nikolaus:	Rindlhuber? Rundlwimmer? Oder wars … hicks … Zintlhummer?
Herr W.:	Riepelgruber!
Nikolaus:	Riepelgruber! Etza hammas! Also i bin no nie aso mit de Namen ins Schleidern kema wia bei eich! Scho eiern eigenen Namen konn i dermaßen schlecht aussprechen! Wischinski, des is ned einfach!
Wotan:	Wiczynskwinsky!
Nikolaus:	Ja eben, umso schlimmer, hicks! Also, liebe Wischnis, lieber Wotan, wir wünschen eine schöne Affentszeit und ein frohes Fest, gell! Bis demnächst!
Ruprecht:	Alles Guade! *Schwingt die Rute.* Hicks.

Nikolaus und Ruprecht verlassen schwankend das Grundstück und beschließen, ab dem nächsten Jahr die anstrengende Tätigkeit zu beenden. Das trifft sich gut, denn das Ehepaar Wiczynskwinsky beschließt, dass Sohn Wotan ab sofort zu alt ist für den Besuch des Nikolauses und dass man ihm den Gutschein oder ein anderes Geschenk ab dem nächsten Jahr persönlich übergibt.

Damals in Bethlehem

„Opa", hat der Kurti gsagt,
„i bin ja no ziemlich kloa,
drum hätt' i di gern gfragt,
wia des damals ganau woa.
Des mit dem Jesukindl
in dera Nacht in Bethlehem,
wias dringlegen is mit seiner Windl
in dem Stall aus Holz und Lehm.
Du bist doch schon so ururalt,
drum muss i di etz plagen,
weil eventuell stirbst du schon bald,
dann kannst mirs nimmer sagen!"

„Kurti", sprach drauf Opa Fred,
„ziemlich alt, des bin i scho,
doch sterben tu i so schnell ned,
a paar Jahre leb i no!
Owa des is etza ganz egal,
i erzähls dir gern, wias war,
in der Krippe in dem Stall
vor über 2000 Jahr!
Dass du mi fragst, des find i schee,
spitz deine Ohrn, mei kloaner Wichtl,
sitz di her zu mir aufs Kanapee,
dann erzähl i dir des Gschichtl!

Ogfangt hod des Ganze so:
In Nazareth, des is a kloaner Ort,
do war wohnhaft a Zimmermo,
sei Wei hod aaf d'Entbindung gwort.
Aaf deitsch gesagt, seine Frau war schwanger,
und etza wird's skurril,
weil des is dermaßen vor sich ganga:
Der Gatte war dabei ned im Spiel!
Falls di näher interessiert:
Der Heilige Geist hod damit zum dua,
owa des is zu kompliziert,
du bist ja no a kloaner Bua!"
„Wann war des?" wollt da Kurti wissen,
da Opa sagt: „Im Jahre Null!"
Da Kurti sitzt am Sofakissen
und grinst, weil Null, des find er cool.

„Da Kaiser, Gustl hod er sich genannt
der hod sich denkt: ‚Ich werd befehlen,
zu erforschen, wia viel Leit samma im Land,
und darum miassmas zählen!'
Da Josef und sei braves Wei
san aa zum Zählen ganga
alle zwoa, fast warns scho drei,
weil sie, sie war ja schwanger.
Durch d'Wüste, des war mords a Gfredd,
weil wia man aus Erfahrung woaß,
angenehm is in da Wüste ned,
sondern eher bluadig hoaß.
Hunger hams ghabt und aa an Durscht,
es war brutal, des sog i dir,
nix dabei, koa Brot, koa Wurscht
und ned amal a Holbe Bier!

‚Mei', hod d'Maria gsagt, ‚is des a Hitz,
i hyperventilier glei, guada Mo,
es is a Wahnsinn, wia i schwitz,
wos moanst denn, wia weit is denn no?'

‚Sorry', hod da Josef gsagt, ‚es duat mir furchtbar leid,
des woaß i leider ned,
i woaß bloß, es is ziemlich weit
weg vo unserm Nazareth!'
D'Maria hod a Träne zdruckt,
sie hod fast nimmer kinnt,
gsagt hods: ‚I werd no verruckt,
da Gustl is a Depp und spinnt!
Weil de bläde Zählerei
is so sinnlos wia no wos,
den Sand wahts mir in d'Blusn nei
und i bin vor Schweiß batschnoos!'

Endlich dann, nach langer Qual,
warns all zwoa in Bethlehem
da Josef sagt: ‚Aaf jeden Fall,
muass uns etz wer a Zimmer gem!
Mensch Maria, du schaust aus,
des dauert nimmer lang!
Des Kindlein, des will bald heraus,
mir wird scho angst und bang!'
‚O Josef mein, do host du recht!,
i gspürs, mir kriang no heit an Sohn,
mir is vor lauter Hunger schlecht,
drum nehma oans mit Halbpension!'

Do sagt da Kurti: „Opa, Frage:
Warn de bläd vor lauter Hitz?
Weil waar i in dera Lage,
i gang zum McDonalds und aas Pommfritz!"
„Omei, Kurti, des kannst vergessen",
sagt drauf da Opa und er lacht,
„des ganze Zeig mit Fast-Food-Essen,
des hodma damals no ned gmacht!
Und, lieber Kurti, außerdem
war Bethlehem a Kaff,
do hods ned amal an Kiosk gem!"
Da war da Kurti ziemlich baff!

„Ja, so war des damals, leider,“
hod da Opa traurig gmoant,
„und etz pass auf, de Gschicht geht weider!“,
fast hätt da Kurti a bisserl gwoant.

„Es war aaf d'Nacht um kurz vor neine,
da hamms an einer Haustür gschellt,
da Josef sprach: ‚Leit, lassts uns eine,
weil mei Maria bringt a Kind aaf d'Welt!‘
Da Hausherr sagt: ‚An kloan Moment,
ich red bloß kurz mit meiner Frau‘,
dann is er in d'Stube grennt
und hod do wia d'Sau!
‚Sarah‘, sagta, ‚Sarah, Wei!
Versteck Hühner, Gäns und Antn!
Weil do draußen stehen zwei,
de schaun aus wia Asylanten!‘
‚Aso a Gschwerl kimmt mir nicht ins Haus!‘,
sagt de Frau zu ihrem Mo,
‚sofort gehst du wieder naus
und haust des Gsocks davo!‘

‚Des is a ganz a bläde Sach‘,
sagt da Hausherr zum Josef dann,
‚mir san voll bis unters Dach,
probiertses liawa nebenan!
Owa gell, i sogs wias is:
Bei uns is zur Zeit Fahnaweih,
legts eich lieber glei aaf d'Wies,
hoffentlich habts a Zelt dabei!‘
Do segtmas wieder: Es gibt Leit,
de kennen ohne Zweifl
ned an Funken Barmherzigkeit,
doch aaf d'Letzt, do holts da Deifl!

Owa mei, du host koa Chance,
man lasst de zwoa ned eine,
des is bitter und drum sans
weidazogn, de armen Schweine.

Vo Haus zu Haus, ganz Bethlehem
hamms ogroast in der Nacht,
doch neamd hod Quartier ea gem,
manche hamm ned amal d'Tür aafgmacht!
Bloß oaner war ned so brutal,
der hod a bisserl Mitleid ghod,
und dazua aa no an Stall,
ganz weit draußen vor da Stod.
‚Wenns wollts, kinnts eine', hod er gsagt,
‚übrigens, i bin da Ephraim!'
Jamei, dann hammses packt,
is ea nix anders iwabliem.
D'Maria war scho ganz verzagt
und ums Haarlhoor hätts gspiem!

Dann, genau um null Uhr vier,
warns durt, weil sie san ziemlich grennt
A Esel, a Schof und a drum Stier
warn drin im Stall, owa de hamm pennt.
Und kaum hamm sie sich a bisserl gricht,
d'Maria hod sich glegt aafs Hei,
do sagts mit schmerzverzerrtem Gsicht:
‚Josef, i glaub, glei samma drei!'
Da Josef war a braver Mo,
und hod ihr gstreichelt abers Haar,
und schwupps, scho war da Jesus do,
Kurti, des war wunderbar!

Da Josef hod des Kindlein gnumma
hods in a Kripperl glegt ganz sacht,
da Stier duat plötzlich einen Brummer
und aa da Esel is aafgwacht.
Voerst staad war bloß des Schaf,
des hod ned mitkriagt, wos passiert,
mei, so a Schaf, des hod an Schlaf,
drum hods des Ganze ned berührt.
Doch da Esel hod gschrian ‚I-a, Schaf, hä,
das Jesuskindlein ist geboren!

Liegst do und schreist ned muh und mäh,
host du Bohnen in den Ohren?'
,Oläck' sprach do des Schaf geschockt,
,und i Hanswurscht, i merk des ned!
Des hätt i jetza fast verbockt,
und ghoaßn hätts wieder, i bin bläd!'

Dann hamms alle in des Kripperl gschaut
und feuchte Augn hamms ghabt vor Freid
,i-a' und ,muh' und ,mäh' ganz laut
hodmas schrein hörn weit und breit!
Hirten san dann glei erschienen,
de warn draußen aaf dem Feld,
,Herr', hamms gsagt, ,wir wolln dir dienen,
weil du rettest uns und d'Welt!'
Aso a Hirt, der kennt sich aus,
der is ned dumm und der blickt durch,
kennt Schaf und Goaß und Katz und Maus
und sogar den feichtn Lurch!
An Deppen waars vielleicht egal,
owa de Hirten hamm sofort gwisst,
dass in dera Nacht im Stall,
wos ganz wos Bsonders gschehen ist!

S'Kindlein is im Kripperl gleng
ganz hilflos no und kloa,
owa man hod an Schein scho gseng
der hod gleuchtet über seine Hoor!
Mei, wia süß des Kindlein war,
da Maria is glei besser ganga,
koa Wunder, weil es is ja klar,
sie war ja nimmer schwanger!
Am naxtn Dog san Weise kema
drei Stück aus dem Morgenland,
de hamm gsagt: ,Des lassma uns ned nehma,
wir kommen her im schönsten Gwand
um das Jesuskind zu loben,
und dich Josef, und dei Wei

und den Herrn im Himmel oben,
Geschenke hamma aa dabei!‘

Dann hamms dem Kindlein übergeben
Gold und Weihrauch, a guads Pfund
wosma halt so braucht im Leben,
Gold is beruhigend, Weihrauch gsund!
Da Melchior, des war der Dürre,
hod gsagt: ‚Moment, i hob no wos,
nämlich 150 Gramm Myrre,
des is a Salbe, de duft famos!
Obs muffelt, stinkt is einerlei
im Klo, im Schlaf- im Badezimmer,
schmierst alls a weng mit Myrre ei,
i garantier dir, dann stinkts nimmer!‘
Maria und Josef warn ganz gschlaucht
von den Geschenken vo de weisen Leit.
‚Omei‘, hamms gsagt, ‚des hätts ned braucht!
Owa danke, es hod uns gfreit!‘

So war des damals z'Bethlehem,
im Stall bei Hei und Stroh,
ingesamt ned angenehm,
owa gfreit hamm sie sich scho:
Des Schaf, der Esel und da Stier
warn Zeugen drin in ihrer Box,
eventuell warns sogar vier,
i glaub, der Vierte war a Ochs.
Dann die Hirten draußt am Feld,
de hammna gseng, den hellen Schein
und hamm de Gschicht weidaerzählt
vom Jesukindelein.
So Kurti, etza woaßt, wias war,
vor langer, langer Zeit,
vor über 2000 Jahr,
owa erzähln duatmas no heit!“

Da Kurti is ganz fasziniert

vom Opa seiner Gschicht,
er denkt nach und er sinniert,
dann sagt er mit an frohen Gsicht:
„Danke, lieber Opa Fred,
etza woaß i, wias damals war,
direkt schee wars für d'Maria ned,
owa oans is klar:
Dass des passiert is in an Stall,
ohne Wasser, ohne Licht,
Hei und Stroh war überall
und überhaupt kein Luxus nicht!
Von der Verwandschaft koaner da,
koa Mensch, den wosma kennt,
bloß drei Kings aus Afrika
und Hirten kemman grennt!
Dann no etliches Getier
als Zeugen der Geburt
a Ochs, a Esel und Stier
und a Schaf, sunst war niemand durt!

Owa oans sog i dir scho,
i bin direkt froh,
dass ned anders war, sondern aso!"
Da Opa schaut den Kurti o
und sagt verwundert dann: „Wieso?"

Da schaut der Kurti vom Opa weg
ins hintere rechte Zimmereck.
Durt steht, so wia alle Jahr
Opas Weihnachtskrippe –wunderbar!
Mit vielen schönen Tieren
und den drei Weisen, sogar mit vieren!
Da vierta is da Justin Bieber,
(den hod da Kurti einegestellt,
als größten Popstar dieser Welt)
da Opa moant „mein lieber Schieber,
i will ned sogn, der Bursch is bläd,
owa a Weiser is des ned!"

Die braven Hirten san dabei
und im Stall ein echtes Hei!
Und des blonde Jesukindl
tragt aus Klopapier a Windl.
D'Maria an Umhang aus blauem Tüll,
kurz gsagt: Es is ein Idyll!
Da Opa schaut zum Kripperl hi
und sagt: „Kurti, etz versteh i di!

Waar die Geburt gwen in an Krankenhaus,
wia schauert do des Kripperl aus?
A Raum in Weiß, desinfiziert,
koa Ochs, koa Esel und koa Hirt!
Die Könige aus dem Morgenland?
Keinen Zutritt – ned verwandt!
Und außerdem – wos hamms dabei?
Myrre? Könnt a Droge sei!
Koa Stroh, ned amal a Finkerl Schmutz
und koa Auskunft – Datenschutz!"

Es war zwar bei Gott ned recht bequem,
owa schee wars scho in Bethlehem!
Samma froh, dass aso war,
frohes Fest und a guads neis Jahr!

Die Winterzeitung

Kare: Woaßt, wos für mi da scheenste Moment is vom ganzen Dog?

Sepp: Naa, des woaß i ned!

Kare: Des is in da Frühe, wenn i in Ruhe mein Kaffee trink und mei Zeitung les! Des is für mi einfach a Idyll!

Sepp: Des glaub i. Des san de Momente, woma sei eigener Herr is!

Kare: Genau! Owa mei Frau is ein Momentzerstörer! De kimmt dann immer eina ins Wohnzimmer und sagt: „Guad Moang!" Und schon is der magische Moment zerstört!

Sepp: Du sagst es, des kenn i! Es is a Kreiz! I hob ja nix dagegen, wenns „guad Moang" sagt, owa doch ned zu mir!

Kare: Genau! Und drum gfrei i mi scho etza aaf den Winter!

Sepp: Aaf den Winter? Wia des? Des muasst mir scho erklärn.

Kare: Weils mir in da Bandscheim fehlt, chronisch!

Sepp: Und drum gfreist du di aaf den Winter?

Kare: Jawohl! Weil i unter Bezugnahme aaf mei Bandscheim ned Schnee raama konn! Und wenns in der Nacht schneibt, dann muass sie in da Friah raama! Und wenns gscheit schneibt, dann brauchts so lang, dass i den magischen Moment voll auskosten konn!

Sepp: Dann san deine Zukunftsaussichten owa ned de besten! Mit dera globalen Erddings do, do solls ja bei uns kaum mehr schneim.

Kare: I woaß scho, des is ja des, wos mi so fertig macht! Do redens am Fernseh allaweil vom Hochwasser und vo de blädn Gletscher, dass de verschwinden! Owa dass meine magischen Momente verschwinden, des sagt koaner!

In den Tagen vor und nach dem Jahreswechsel ist es alter Brauch und auch gut gemeint, sich erst einen guten Rutsch und dann ein gutes neues Jahr zu wünschen. Doch bei einer Häufung dieses Wunsches kann es auch sein, dass es nervig wird. Ähnlich wie bei dem Beamten, der in der Kantine seiner Dienstbehörde saß und sein wohlverdientes Mittagsessen einnehmen wollte, aber nicht dazu kam, weil jeder Kollege, der vorbeikam, „Mahlzeit" bzw. „an Guadn" wünschte, und er diesen Wunsch höflichkeitshalber erwidern musste. Bis es ihm dann reichte und er zu einem verdatterten Kollegen , der der 25. Mahlzeitwünscher war, sagte: „Etza halt dei Goschn und lass mi essen, zefix! Meine Pommes san scho eiskolt und an da Currywurscht is fast scho da Rauhreif dran! Schee staad wird aus da Mahlzeit a Eiszeit!"
Kare, eigentlich ein geduldiger, gutmütiger und seelisch ausgeglichener Mensch, stand am 2. Januar vor der Fleisch- und Wursttheke im Supermarkt, um die Einkäufe zu erledigen, die ihm seine Frau aufgetragen hatte. Noch war eine Kundin vor ihm dran und er musste warten. Schon während der Wartezeit wurde ihm wiederholt von anderen vorbeikommenden Kunden ein gutes neues Jahr gewünscht und er hatte den Wunsch freundlich erwidert. Aber irgendwann wurde es einfach

Zu viel des Guten

Sepp:	Ja, da Kare! Kaffst ebba ei?
Kare:	Jaja.
Sepp:	Ebba a Wurscht?
Kare:	Genau! Und a Fleisch!
Sepp:	Do schau her! A guads Neis!
Kare:	Jawohl, danke! Dir aa!
Sepp:	Und aa dahaom scheene Griaß, gell!
Kare:	Richt i aus!
Sepp:	Gsundheit vor allem! Des is des Wichtigste!
Kare:	Genau!
Sepp:	Samma uns doch ehrlich: Alls is a Schmarrn, wennst ned gsund bist!
Kare:	Genau!
Sepp:	Und? Wos host für Vorsätze?
Kare:	Eigentlich hob i gar koan!

Sepp: Des is des Allergscheideste!
Kare: Genau!
Sepp: Weil i sog allaweil: Nimm dir nix vor, dann brauchst aa nix dua! Haha! Des sog i allaweil.
Kare: Haha! Genau!
Sepp: Also, i packs dann, i muass wieder weida!
Kare: Ja, pfiat di nacha!
Sepp: Servus! Und gell: Scheene Griaß dahoam! Werds ned schlechter!
Kare: I richts aus!
Sepp: Owa schlechter kannst ja du eh nimmer wern!
Kare: Haha! Super Gag!

Sepp geht, inzwischen ist die Kundin vor Kare fertig und er ist bzw. wäre an der Reihe. Doch es nähert sich Rudi, ein weitschichtiger Bekannter von Kare.

Kare: *Zur Verkäuferin:* Also, i kriag 200 Gramm …
Rudi: Ja da Kare! Dass i di aa wieder amal triff! A guads Neis!
Kare: Danke! Dir aa, Rudi! *Zur Verkäuferin, sich von Rudi abwendend:* Also, i kriag dann …
Rudi: Und? Silvester guad überstanden?
Kare: Jaja, alles klar! *Zur Verkäuferin:* Also, i daad dann …
Rudi: Seids unterwegs gwen oder dahoam?
Kare: Dahoam!
Rudi: Und? Wos hods gegeben?
Kare: *Geistesabwesend, da er sich auf seine Wurstbestellung konzentrieren muss:* Wos?
Rudi: Zum Essen! Hod d'Hildegard wos kocht?
Kare: Wer?
Rudi: D'Hildegard! Dei Frau!
Kare: Achso, d'Hildegard! Jaja, kocht hods wos! *Zur Verkäuferin:* Also, i kriag dann 200 Gramm …
Rudi: Wos hods nacha kocht?
Kare: Bierschinken.
Rudi: Bierschinken? An Silvester?
Kare: *Zerstreut:* Naa, an Bierschinken muass i eikaffa! Entschuldige, i bin ned ganz konzentriert, weil i muass eikaffa! A Fondue hods gmacht!

Rudi: Is scho klar! Also dann, a guads Neis noml! I muass wieder weida!

Kare: Alles klar! Servus!

Rudi: Und gsund bleim, gell!

Kare: Jawohl, danke dir! *Zur Verkäuferin:* Also, wia gsagt, i kriag bittschön ...

Rudi: Weil Gsundheit, des is des Wichtigste!

Kare: Genau!

Sepp: Also nacha ...

Kare: Also nacha!

Sepp: Servus!

Kare: Servus! *Geht.*

Kare: *Zur Verkäuferin:* So, etza: Also, i kriag ...

In diesem Moment nähert sich eine ältere Dame und spricht Kare sofort an.

Dame: Sie, entschuldigens bittschön ...

Kare: *Allmählich leicht grantig und mit erhöhter Lautstärke:* A guads neis Johr, i woaß scho! Gsundheit vor allem! Und jetza waar i Eahna dankbar, wenn i mei Wurst bstelln kannt!

Dame: *Irritiert:* Äh, i wollt bloß was fragen!

Kare: Fragen? Wos nacha?

Dame: Wissen Sie zufällig, wo da die laktosefreie Milch steht?

Kare: Naa, leider ned!

Dame: Weil de normale vertrag i ned!

Kare: A geh!

Dame: Ja.

Kare: Mei, konnma nix macha!

Dame: Naa, leider! Und Sie wissen wirklich ned, wo die steht?

Kare: Naa, wirklich!

Dame: Trotzdem danke und a guads neis Jahr!

Kare: Ja, Eahna aa!

Dame: Und bleims gsund!

Kare: *Geistesabwesend:* Des is des Wichtigste!

Dame: Do hamm Sie recht! Mittendrin vertragt man koa Milch mehr!

Kare: Furchtbar!

Dame: I hätt des nie glaubt, dass i mittendrin koa Milch mehr vertrag!

Kare: Wahnsinn! Wiederschaun. *Zur Verkäuferin:* Also, i kriag dann 200 Gramm laktosefreie … ach, Entschuldigung, i bin scho ganz bläd! I kriag 200 Gramm …

Dame: Hob i Sie ganz durcheinanderbracht mit meiner Milch! Nix für unguat! Dann geh i liawa!

Kare: Ja, wiederschaun!

Die Dame geht, Kare ist nervlich schon ziemlich angespannt, freut sich aber, jetzt endlich seine Bestellung aufgeben zu können. Doch zu früh gefreut, sein Handy läutet, seine Schwiegermutter Rosl ist dran.

Kare: *Zur Verkäuferin:* An kloan Moment no, i muass bloß schnell abheben! *Ins Handy:* Ja?

Rosl: Kare? Bistas du?

Kare: Ja!

Rosl: I bins!

Kare: Wer?

Rosl: No i!

Kare: *Gereizt:* Wer is denn i?

Rosl: No i, d'Rosl!

Kare: D'Rosl? Wos für a Rosl?

Rosl: Dei Schwiegermutter! D'Rosl! Kennst mi nimmer oder wos?

Kare: Achso, d'Rosl! *Zur Verkäuferin, die ihn fragend ansieht:* D'Rosl is, mei Schwiegermuada! *Zuckt hilflos mit den Achseln.* Ruaft de akkrat etza o! De hod eine Begabung, dass immer dann oruaft, wenns gar ned passt!

Rosl: Genau! Sog i doch! Mit wem redst denn du?

Kare: Mit da Verkäuferin! I bin grad im Supermarkt und kaaf a Wurscht und a Fleisch!

Rosl: Zuviel Fleisch is fei ned gsund!

Kare: Jaja, scho klar! Wos gibt's?

Rosl: I wollt bloß a guads neis Jahr wünschen!

Kare: Ja, danke! Dir aa!

Rosl: Is d'Hildegard aa dabei?

Kare: *Immer zerstreuter:* Wer?

Rosl: No d'Hildegard, dei Frau! Mei Tochter!

Kare: Achso, d'Hildegard! Naa, de is ned dabei, i bin alloa.

Rosl: Is krank?

Kare: Naa, de is ned krank, de is bloß dahoam. I kaaf immer alloa ei.

Rosl: Warum? Habts gstritten am Silvester?

Kare: *Ungehalten, lauter:* Wos? Mir hamm doch ned gstritten, spinnst du? Wia kimmst denn aaf so an Schmarrn?

Rosl: Schrei mi doch ned aso an! I wollt dir nur a guads neis Jahr wünschen und du schreist mi glei aso an! Also sag amal!

Kare: *Schreit:* I schrei doch ned!

Rosl: Schreist scho wieder!

Kare: *Reißt sich zusammen.* Entschuldigung! I will bloß mei Wurscht bstelln, dassi wieder hoam kimm zu da Hildegard!

Rosl: Habts wirklich ned gstrittn? Weil des waar koa guada Jahresanfang.

Kare: Naa, i schwörs dir, mir hamm ned gstrittn!

Rosl: Na guat! Also, dann a guads neis Jahr!

Kare: Ja, danke, dir aa!

Rosl: Und sagst aa d'Hildegard scheene Griaß!

Kare: Jawohl, des machi!

Rosl: Oder naa, woaßt wos, de ruaf i jetza selber o! Is dahoam?

Kare: Ja, de is dahoam.

Rosl: Dann ruafes selber o.

Kare: Des machst! Also nacha ...

Rosl: Und bleibts gsund!

Kare: Du aa!

Rosl: Und reg di ned allaweil so schnell aaf, des is ned gsund! Fürn Bluatdruck is des ganz schlecht!

Kare: Jaja, i reg mi scho ned aaf! Also nacha, pfiat di! *Beendet das Gespräch. Zur Verkäuferin:* So, owa etza! Also, i kriag 200 Gramm ...

Kares Stammtischkumpel Erwin hat ihn entdeckt und spricht ihn an.

Erwin: Ja, da Kare! A guats ...

Kare: *Unterbricht ihn und schreit, völlig außer sich:* Ja, i woaß scho, i woaß scho! A guads neis Jahr! Und Gsundheit, des is des Wichtigste! Und da Hildegard sog i aa scheene Griaß! De is dahoam! I kaaf immer alloa ei! Und i reg mi ned aaf und mei Bluatdruck is in Ordnung, dass des klar is! Und außerdem geht di mei Bluatdruck an Dreg o! Und falls du moanst, d'Hildegard und i hamma gstrittn am Silvester, dann host du di gschnittn, dassdas woaßt! Mir hamm ned gstrittn! Do konn d'Rosl sagen, wos sie will, zenalln! Und wo de dreckslaktosefreie Milch steht, des woaß i ned, de muasst dir selber suacha! Und etza schau, dass du weidakimmst, du Depp!

Erwin flüchtet völlig konsterniert und kopfschüttelnd.

Kare: *Wirr und immer noch laut zur Verkäuferin:* 200 Gramm Bierschinken! Und ob a Wurscht gsund is oder ned, des interessiert mi so viel, wia wenn in Peking a Fahrradl umfallt! Und dass Sie seng, wia wurscht mir des is: Gebens mir 400 Gramm Bierschinken! Des waar doch gelacht! I iss so viel Wurscht wia i will!

Die Verkäuferin schneidet völlig verängstigt 400 Gramm Bierschinken auf.

Verkäuferin: Derfs sonst noch was sein?

Kare: *Sieht auf seinen Einkaufszettel.* Und vier Paar Wiener und dann no a Pfund Hackfleisch. Dann hammas. Oder naa, a Kilo Hackfleisch! Grad mit z'Fleiß!

Die Verkäuferin packt die Ware ein und gibt sie ihm. Missmutig schmeißt sie Kare in den Einkaufswagen und verlässt die Fleisch- und Wurstabteilung.

Verkäuferin: Dankschön! Und a guats neis Jahr no!

Kare: *Drohend:* Reißens Eahna bloß zamm! Reißens Eahna bloß zamm! Mei Geduld is ned endlos!

Er schiebt seinen Einkaufswagen in Richtung Kasse und trifft dabei auf die ältere Dame.

Dame: Hamms fei keine laktosefreie Milch mehr! Mei, dann muass i halt notgedrungen amal a normale trinken!

Kare: Ja und? Des is doch mir wurscht! Sauf doch, wos du willst! San heit bloß Deppen unterwegs oder wos? Des Jahr fangt ja guat o!

Zahlt an der Kasse und wird von der Kassiererin mit dem Satz „Einen schönen Tag noch und a guats neis Jahr!" verabschiedet.

Kare: Etza hammses gnau beinand, ganz gnau! Ein Wort no, dann schepperts!

Die Kassiererin hält ihn für verrückt und sagt lieber gar nichts mehr. Kare fährt heim und kündigt seiner Frau an, künftig nur mehr ab Februar einzukaufen.

Fast geschafft

Kare:	Ha, wia de Zeit vergeht! Scho wieder Juli!
Sepp:	Do host du recht, do sollma ned älter wern!
Kare:	Bist schaust, is wieder Weihnachten! Und dann Silvester und des Jahr scho wieder ume!
Sepp:	Es is a Wahnsinn! Wia schauts aus mit deine Vorsätze für des Jahr? Hostas erfüllt, wos du dir an Silvester vorgnommen host?
Kare:	Fast!
Sepp:	Wia fast?
Kare:	I hob mir an Silvester vorgnommen, dass i des Jahr fünf Kilo abnimm! Fast hobes scho gschafft!
Sepp:	Wia viel fehlen no?
Kare:	Acht!

Hausmittel

Oma:	No, Sofielein, wia geht's dir denn?
Sofie:	Guad geht's, Oma!
Oma:	Host nacha dein Wunschzettel scho gschriem fürs Christkindl?
Sofie:	Jaja, scho letzte Woche.
Oma:	Aha! Noja, wennst allaweil brav gwesen bist, dann kriagst bestimmt des, wos du dir wünschst!
Sofie:	Hoffentlich!
Oma:	Und dei großer Bruada?
Sofie:	Da Lars-Alois?
Oma:	Ja genau. Wia alt is er denn eigentlich etza scho, da Lars-Alois?
Sofie:	Gaaanz alt, scho 17 Jahre! Und weißt was, Oma?
Oma:	Wos denn?
Sofie:	Der is etza fei a Influenzer!
Oma:	Ach du Schreck! Owa a Wunder is ned bei dem nasskalten Weda! Sagst eam, er soll viel Ingwertee trinka mit Honig, dann vergehts wieder!